「れんちゃん。名前を考えてあげないと」

「名前！」

ふわふわもこもこウルフを抱いていたれんちゃんがむむ、と唸る。

「この子はラッキー！

うわあ……。ふわふわもこもこ……」

レジェ
Leger
実名は始祖龍。メインストーリーのラスボスさん。サイズを自由に変えられる。
れん
Ren
動物が大好きな七歳の女の子。病気で病院から出られなかったけど、VRゲームの世界ではたくさんのもふもふに出会えて幸せ！
ラッキー
Lucky
草原ウルフの希少種。れんのテイムモンスター。
characters
キャラクター紹介

ミレイ
Mirei
職業はテイマー兼剣士。れんのお姉
ちゃんで、れんのことが大好き！　れん
を自慢するために配信を始めることに。
シロ
Shiro
草原ウルフの進化種。
ミレイのテイムモンスター。
アリス
Alice
職業は服飾・鍛冶を扱う生産者。れんに
かわいい服を作ってあげたい（願望）。

「ちょっと……。ぎゅー」

「わわ……！　お、おねえちゃん？」

ん……。すごいよね、このゲーム。

ちゃんと、れんちゃんの温もりを感じる。

うん。あったかい。

「おねえちゃん……？」

「……。ぐす」

「ん……。よしよし」

撫でてくれるれんちゃんの手が心地良い。

本当に、うん。うん。みんな、あったかい。

テイマー姉妹のもふもふ配信 1
～無自覚にもふもふを連れてくる妹がチート級にかわいいので自慢します～

3,000回視聴 2021/06/25  100  共有

チャンネル登録

The mofu-mofu streaming
by tamer sisters.

Contents

配信十八回目『れんちゃんともふもふを探しに行くよ』

視界全てが緑の絨毯のような草原の中、私は配信の準備をしていた。まあ準備といっても、変な装備になってないか確認する程度だけど。

私の装備は赤と黒を基調とした軽鎧。腰には短めの片手剣。アクセサリーはステータス上昇の指輪。指輪はいわゆるガチャで手に入れられるアイテムだ。しかも最高レア。金に物を言わせた装備だ。

あまりこういう装備は使いたくないところだけど、あの子を守る名目として黙認、どころか推奨されてる。もっといい装備を、と言われ続けた結果、これに落ち着いた。ちなみにこれが出るまでにかかったお金は……考えたくない。まあ、私のお金じゃないんだけど。

私の目の前には握り拳程度の光球が浮かんでいて、これがカメラの役割を担ってくれる。光球の上には大きめの黒い板のようなものが取り付けられていて、ここに書き込まれたコメントが表示される仕組みだ。設定すれば音声としても配信者、つまり私の耳に届くようになる。

さて、もうすぐ配信。予約してるから、十秒後に自然と開始されるはず。そろそろあの子を呼び戻さないと……。

「あれ？　れんちゃん？　れんちゃーん！」

配信の相棒がいない！　相棒というか、あの子主役なのに！

「れんちゃあああん！　どこおおお！」

『はじまた』

『初手からの行方不明、何回目だｗｗｗ』

『いつものことすぎて驚きもしねえｗｗｗ』

「わー！　どもども皆さん！　れんちゃんはただいま行方不明です、ちょっと捜すね！」

『おｋ』

『いてら』

『がんばれ』

視聴者さんに許可を取ってかられんちゃんを捜す。どこに行ったんだろうあの子。ついさっきまで隣にいたはずなのに。

でも予想はしておくべきだったかな。初めてのフィールド、初めてのモンスター、れんちゃんが落ち着いていられるわけがない。

「ああ、もう！　草うざい！　誰だこんなフィールド選んだ馬鹿は！」

『お前なんだよなあ』

『うざい言うても膝丈程度の……、うざいなｗ』

『見回したらいるんじゃねえの？』

「いないんだよね！　私の予想としては、新しいモンスターを見つけて追いかけて観察してる気がする！」

『ありえるｗｗｗ』

『れんちゃんだしなｗ』

れんちゃんは、リアルの事情もあって、モンスターが大好きだ。特に柔らかい毛で覆われたもふもふなモンスターが大好きで、そういったモンスターを見つけるとすぐにそっちに走ってしまう。配信なんて完全無視。視聴者さんにとってはそれがいいらしいけど。

『進行方向右三〇度。草が変に揺れてるぞ。あれじゃね？』

「おおっと。正確な情報ありがとう！　どれどれ……」

言われた方へと歩いてみれば、果たしてれんちゃんがそこにいた。

白と青を基調にしたローブを着た、頭に小さな犬を載せた女の子。うずくまって何をしているのかと思ったら、何かを撫(な)でてるみたいだ。

「れんちゃん？」

「あ、おねえちゃん」

れんちゃんが顔を上げると、撫でていた何かを私に見せてきた。

「お友達になったよ！」

白いふわふわもこもこのウサギ。頭についている角がなければ、本当にただのウサギだ。鼻をぴすぴす動かしているのがとても愛らしい。名前の表示を見てみると、テイムした証（あかし）の緑色の文字色で、『BOSS：巨角ウサギ』とあった。

「視聴者の皆さん。私のかわいい妹が新しいモンスターをテイムしました。かわいらしいもふもふウサギです」

『おお！』

『早速か！　見せて見せて！　もふもふ！』

『いや、まて、おい。そこで出てくるウサギのモンスターって……』

「察しのいい視聴者さんは嫌いじゃないよ」

　ふっと笑みがこぼれる。本当に、この子は、相変わらずだ。

「またボスだよおおぉぉ！」

『草』

『草ｗｗ』

『草に草を生やすな』

　きょとん、と首を傾（かし）げるれんちゃんとウサギ。仕草がリンクしていてとてもかわいい。かわいいけど、なんか、うん。まじかよ。

「へい、詳しい視聴者さん、情報よろ！」

『あいよ。テミスト草原のエリアボス。小さくて弱そうに見えるけど、そのフィールドのせいで姿が全然見えない。気付かぬうちに殺されることも多い鬼畜外道の強ボスだ。ちなみにＨＰや防御力が低い代わりに攻撃力に極振りしたかのようなふざけた攻撃力。防御極振りプレイヤーでも突進三回で死ねる。普通は即死』

「クソゲーか！」

あまりにも無理ゲーすぎる。ＨＰと防御が低いということは、まさに殺られる前に殺れ、という仕様なんだと思うけど……。なんとも尖ったボスだ。

「れんちゃん。私も抱いていいかな……？」

「うん！」

れんちゃんがウサギを差し出してくれる。そっと抱き上げると、ああ、すごい、ふわふわもこもこだ。ウサギも安心したようになんだか丸くなってる。

「これが、殺人毛玉……。もふもふだあ……」

『文字通りの意味だと誰が思うだろうか』

もふもふを堪能してたら、れんちゃんがじっとこちらを見つめてきた。ああ、うん。分かってる分かってる。ウサギをれんちゃんに返すと、れんちゃんはまた嬉しそうに撫で始めた。

「私の妹は世界一かわいい」

『シスコンめ。だが同意である』

『残念だったな！　俺の妹の方がかわいいぜ！』

『この配信にはシスコンしかいないのか？』

『だが（俺の妹は）男だ』

『どういうことなの』

その先は地獄だろうから聞いちゃいけないやつです。

ウサギを堪能しているれんちゃんをのんびりと撮影する。うんうん。絵になる。もうかわいすぎてかわいすぎて。

「鼻血出そう」

『お前はいきなり何を言ってるんだ』

『へ、へんたいだー！』

『何を今更』

待ってほしい。だって、こう、七歳の妹がウサギを抱いてもふもふしてにこにこしてるんだよ？最強でしょこれ。とりあえず我慢できないのでれんちゃんの後ろに座って、膝に載せました。役得役得。

「おねえちゃん？」

「なんでもないよー」

「そう？」

きょとん、と首を傾げるれんちゃんかわいい。そうしながらもウサギを撫でることをやめないれんちゃん本当にかわいい。

『だめだこいつ、はやくなんとかしないと』

『手遅れなんだよなあ』

失礼な人たちだね本当に。

のんびりとした時間を過ごしていると、ひょこひょこ他のモンスターも姿を見せてきた。小さい熊とか、狼(おおかみ)とか、変な鳥とか。

「わあ！」

瞳を輝かせるれんちゃんの周りにモンスターたちが集まってくる。れんちゃんはウサギを抱きながら、その子たちも撫で始める。幸せそうな妹を見ているだけで、私もほんわか嬉しくなる。

『ところで病状はどんなん？』

不意に、そんなコメントが流れてきた。

「ん……。進展なし。悪化もないのはいいことだけど、どうにもならない手詰まり感がね」

『そっか。じゃ、これ足しにしてくれ』

そのコメントの後に、お金のマークと数字が表示される。これは配信者の私に振り込まれるお金だ。いわゆる投げ銭とか、そんなやつ。それを皮切りに、たくさん振り込まれてくる。本当に、有り難い。大事に使わせてもらおう。

「いつもありがとうございます。何か進展あれば伝えますね」

『ええんやで』

『大変だろうけど頑張れ』

『一日でも早く、少しでも良くなりますように』

「ははは……。ありがとうございます。本当に」

本当に、みんな優しいなあ……。

そうして、ある意味でお金が振り込まれている張本人のれんちゃんを見やれば、いつの間にかたくさんのモンスターに囲まれて遊んでいた。うん。これはもう、反応は期待できないかな。

「ではでは皆様。れんちゃんはもふもふモードに入りました。のんびりれんちゃんともふもふを映していくので、勝手に癒やされやがってください」

『お口わるわる』

『癒やし助かる』

『かわええんじゃあ』

その後はのんびりと、視聴者さんたちとれんちゃんを見守ることになった。

配信準備①

授業の終わりのチャイムが鳴る。それを聞いてすぐに、私は帰り支度を始める。ホームルームが終わったらすぐに帰るために。

「大島。授業を真面目に聞いてくれるのは評価するけどな。せめてホームルームが終わるまで待てないか？」

担任の先生に言われて顔を上げると、私の、というより妹の事情を知る先生は苦笑していた。本気で言っているわけではないと分かっているので私も笑顔で言う。

「やですよ。一秒遅れたら面会時間も一秒減るじゃないですか。なので先生、さっさと終わらせてください。さあ、はやく！」

「まったく……」

呆れながらも、先生は手短に連絡事項を伝えてくれた。さすが先生、分かってる！

すぐにホームルームが終わり、席を立つ。すると隣の席から声をかけられた。幼馴染みの菫だ。

「未来。この後みんなでカラオケに行くんだけど、未来は来ないわよね？」

「分かってて聞いてるでしょ」

「ええ、もちろん。本当に、妹ちゃんが中心になっちゃってるわね。まあかわいいものね。あの子」

「私の妹は世界一かわいいよ！」

「うるさい、シスコン。早く行きなさい」

怒られた。しょぼんと落ち込みつつ、みんなに手を振って教室を出る。今回のクラスメイトはみんな優しくて、笑顔で手を振り返してくれる。

学校を出て、向かうのは一駅隣にある大学病院だ。


私は大島未来。今年高校に入学したばかりで、高校は上の下といったところ。中学の担任の先生にはもっと上を目指せると言われたけど、必死にならないと勉強が遅れてしまいそうな学校には行きたくなかった。

私には、年の離れた妹がいる。学校に通っていれば、小学校二年生。去年、突然家族になった妹だ。父の再婚相手の子供なのだ。

父は五年前に、色々あって離婚した。まあ、その、どう言えばいいのか……。母が出て行っちゃったのだ。理由は、知らない。父も教えてくれなかった。

しばらくは男手一つで私を育ててくれたんだけど、勤め先の病院でいい出会いがあったみたいで、去年その人と結婚して。その人、今の母にも子供がいた。少し面倒な病気をかかえた女の子。

だからまあ、父の再婚にはいろいろあった。他でもないその母がやめた方がいいと反対したし。

理由は単純で、病気の子供がいるから苦労をかけてしまうことになるって。

父はそれでもいいと何度も言って、けれど父の子供、つまり私が納得しないだろう、という話になったらしくて、それならと私はその母と会うことになった。

ちょっといいレストランでのお食事。で、その子供のことを聞いて、二人の気持ちも聞いて、それならその子にも会いたいって話をして。

翌日に病院に行って、面会させてもらった。

一目惚れした。

いや待って。そういう意味じゃない。私にそういう趣味はない。

ただ、儚げで、かわいくて、すごく守りたくなっちゃう子だった。

初めて私を見た時のその子は不思議そうに首を傾げて、おねえちゃんだれ?って聞いてきて。

とりあえずかわいかったので抱きしめて、唖然とする父と母予定の人に言った。この子のお姉ちゃんになるって。二人そろって呆れられたのは言うまでもない……。なんて。

その後はとんとん拍子に話が進んで、翌月には正式に家族になって、私には年の離れた、血の繋がらない妹ができたってわけだ。

私が男子だったらラブコメが始まったかもしれない。残念ながら同性だし私にも妹にもそんな趣味はない。

でも私はこの妹を、佳蓮を溺愛してる。溺愛してると公言してる。かわいいかわいい、大事な妹だ。

てなわけで！　今日もお邪魔します！

病院に入って、面会手続きをして、十階へ。妹のための病室はちょっと特殊だけど、無菌室とかそういったものでもない。なので制服のままドアをノックする。

手続きの時に借りたカードキーで鍵を開けて、中に入る。小さな小部屋。ロッカーとか、荷物を置くためのスペースがあるだけの、本当に小さな部屋。いらないものを置いて、この小部屋の電気を消すと、さらに奥のドアの鍵が外れた。ここを暗くしないとこの先には進めないようになっているのだ。

奥のドアを開けると、暗い、けれど広めの部屋にたどり着く。窓は、ない。天井の電気も切られていて、部屋の隅にある小さな淡い電球だけが唯一の光源だ。

「れんちゃん、きたよ！」

ベッドにいる妹、れんちゃんに声をかける。でも、返事がない。

「む……」

そろりそろりと近づいて、ベッドの中を見てみると、真っ白な髪の女の子が眠って……、あ、これ、寝たふりだ。笑いを堪えてる。

ふむふむ。ならばやることは一つだ。

「そっか、れんちゃん寝てるのか。じゃあ帰ろっと」

「わ、わ！　だめ！　だめ！」

れんちゃんが慌てて私の腕にしがみついてくる。かわいい。

「行っちゃだめ！」

「はいはい。大丈夫大丈夫。ちゃんといるよ、ここにいるよー」

「むう……」

「でもいたずらしようとしたれんちゃんが悪いよね」

「ん……。ごめんなさい」

「許してあげましょう」

れんちゃんをなでなでしつつ、鞄からチョコレートを取り出す。はい、と渡してあげれば、れんちゃんは顔を輝かせた。

「ありがとう、おねえちゃん！」

「いえいえ」

嬉しそうに包装を破って食べ始める。もぐもぐ幸せそうな顔だ。

にこにことその様子を眺めていたら、れんちゃんと目が合った。れんちゃんはすぐにチョコレートを小さく割って、私に差し出してくる。

「ん？」

「おねえちゃんの分」

「あはは。ありがとう」

断ると拗ねちゃうので、有り難くもらっておく。私が食べると、れんちゃんも嬉しそうにはにかんだ。

私の妹がかわいすぎる。天使だ。いやもう女神だ。拝もう。

「おねえちゃん、何してるの……？」

「拝んでる」

「なんで？」

「れんちゃんは私にとっての女神様なのさ！」

「おねえちゃん、気持ち悪い」

「うぐう……」

その罵倒は心にくるよれんちゃん……。

れんちゃんは、極度の光線過敏症だ。蛍光灯とかの光にすら炎症を起こすし、お日様の下にでも行こうものならあっという間に痛くて泣き叫ぶ、らしい。私がれんちゃんと会った時にはすでにこの病室から出なくなっていたから、お母さんに聞いただけだけど。

本来、光線過敏症というものは日光に反応するものらしい。けれどれんちゃんは、どんな光にでも反応するみたいで、部屋を常に暗くしておかないと日常生活すらままならない。

原因は、不明。血液検査とか、なんだか小難しい名前の検査とか、色々とやったみたいだけど、全くもって原因は分からなかったらしい。日本で唯一の奇病なんだとか。

治療法どころか今後の展望すら分からない状態。病名とかは分からないけど難病として扱われていて、病気に関わる最低限の医療費は国から支援を受けさせてもらってる。その点だけは一安心だ。

れんちゃんの負担にならないように休み休み検査は続けられてるけど、未だに治療法どころか原因すらも分からない。まだまだ先は長くなりそうだ。


「れんちゃん、新しい友達はいる？」

「また？」

「いらない？」

「いる！」

鞄から今月のお小遣いで買ったぬいぐるみを取り出す。手触りが良いまるっこい犬のぬいぐるみだ。れんちゃんに渡してあげると、れんちゃんは顔を輝かせて受け取った。

「ふああ……。かわいい……」

ぬいぐるみをもにもにして、ぎゅっと抱きしめるれんちゃん。頬ずりまでしてる。見ていて、なんだか心がぽかぽかしてくる。

れんちゃんのベッドにはいくつかのぬいぐるみがあって、棚にはさらに多くのぬいぐるみがある。

れんちゃんは毎晩あの棚からぬいぐるみを交換して一緒に寝ているらしい。

れんちゃんは動物とぬいぐるみが大好きなのだ。いつか、本物の犬を一緒に見に行きたいものだ。

ちなみにれんちゃんは一日一時間だけ、限界まで暗くしたテレビを見るんだけど、必ずアニマルビデオを見ている。れんちゃんのお気に入りは子犬がたくさん戯れる動画。私も一緒に見たことあるけど、その時のれんちゃんの顔は、とても、羨ましそうだった。

動物と直接触れ合いたい。それが、れんちゃんの、ささやかな願い。

ならば！　頼れるお姉ちゃんとして！　叶(かな)えてあげるしかないでしょう！

というわけで。

「れんちゃん」

「んー？」

「今日はれんちゃんに、もう一つ、とびっきりのプレゼントがあります！」

「へ？　えっと……。わんちゃんならもうもらったよ？」

ぬいぐるみを抱きながら小首を傾げるれんちゃん。まあ、私のプレゼントって、ほとんどがぬいぐるみだからね。そう思ってしまうのも無理はない。

しかし！　お姉ちゃんはがんばったのだ！

鞄からごそごそ取り出したのは、紙袋。それを渡すと、れんちゃんは不思議そうにしながらも紙袋の中身を取り出した。出てきたのは、ゲームソフト。

「なにこれ？」

「アナザーワールドオンライン。ＶＲＭＭＯだよ」

なおも首を傾げるれんちゃんに、私はざっくりと説明することにした。

フルダイブ技術が確立されてから、はや六年。数多くのゲームが開発されて、ＶＲＭＭＯもまた多く発売されてきた。あまりにも競争が激しくて八割以上のゲームがサービス終了しちゃったけど。

アナザーワールドオンライン、略してＡＷＯはその中でも高い人気を誇るゲームだ。システムは一昔前のＭＭＯそのものなのでそこは賛否両論だけど、特筆すべきは他の追随を許さない圧倒的なグラフィックとＮＰＣの高度なＡＩにある。まるで本当に剣と魔法の世界で生きているようだと評判なのだ。

当然ゲームなのでメインのストーリーはある。今は第一章だけらしいけど、第二章、第三章とアップデートで追加される予定。でも、そんなストーリーを気にしなくても遊べるぐらいに自由度は高い。のんびり生産したり、お宝を求めてダンジョンに潜ったりと、ファンタジーなセカンドライフを楽しめるゲームだ。むしろその遊び方の人の方が多いと思う。

「ふうん……」

「あまり興味なさそうだね」

「うん……。戦うのとか、やだ」

それはそうだろう。れんちゃんは優しい子だからね。でも、その部分はわりとどうでもいいのだ。

「圧倒的なグラフィックって言ったよね」

「うん」

「動物たちもリアルです。かわいい犬さん猫さんたくさんいます」

「え！」

おっと、れんちゃんが食いついた！　さっきまでの冷めた目に一気に熱が入っていってる！

「テイムスキルがあります。つまりテイマーになれます」

「テイム？」

「簡単に言うと、動物やモンスターと友達になれるスキルだ！」

「わあ！」

れんちゃんが期待に目を輝かせてる！　きらきらしてる！　でも、すぐにしょぼんと落ち込んでしまった。悲しげにゲームを見つめて。

「でも、お医者さんが許してくれるかな……」

「その点は大丈夫。許可は取ったよ」

「え？　本当!?」

「うん」

れんちゃんは病室にこもりっきりだけど、小学二年生、勉強をしないわけにもいかない。どうやってそれをしているかと言えば、ここでフルダイブ技術の出番だ。

脳波がうんぬんかんぬんの難しい話はよく分からないけど、ＶＲマシンとフルダイブは問題なく使えるとのことで、れんちゃんは日中はＶＲ空間で勉強をしてる。ただ、長時間続けると気分が悪くなるそうで、朝二時間、お昼二時間、夜二時間の使用のみという形だ。

れんちゃんは勉強の成績は優秀らしくて、れんちゃんの主治医に相談してみたら、夜の二時間をゲームで使ってもいいということになったのだ。

しかもそれだけじゃなくて、あらゆる方面の許可もその先生がわざわざ取ってくれた。

許可というのは、実はＶＲゲームは小学生は禁止されているためだ。情操教育に悪影響がうんたらかんたらで世の中のお父さんお母さんたちが動いてしまった結果だね。

中学生以降なら現実と虚構の区別ぐらいちゃんとつくだろうとこういう制限におさまったわけだ。まあ、中学生も制限時間は決められてて、自由に使えるようになるのは高校生からだけど。

先生は運営会社と市役所にわざわざかけあってくれて、特例として許可が下りた。先生には感謝しかないよ。多分私だけだと絶対に無理だった。

「というわけで。お医者さんにはちゃんとお礼を言っておいてね」

「うん！」

すっごく嬉しそうなれんちゃんの笑顔。私はもうこの笑顔が見れただけで満足だ。

でも、本番はここから。ゲームで失敗すると、笑顔が曇るどころじゃないと思う。

「今日は夕方六時から。先生と一緒にゲームの設定をしてね。設定の注意事項はこの紙に書いてあるから読んでね。特に初期スキルは間違えちゃうと習得する手間が増えちゃうから気をつけて」

「うん……」

れんちゃんはすぐに手渡したＡ４のプリントを読み始めた。これなら大丈夫そうかな。

「では、れんちゃん！」

「あ、はい！」

私が大声で呼ぶと、れんちゃんがすぐに顔を上げた。どきどきしてるのがよく分かる、ちょっとほてった顔。

「ちょっと早いけど、私は帰って急いで宿題を終わらせます！」

「うん……」

ちょっと寂しそうだけど、でも、大丈夫だ。

「だかられんちゃん。今日の夜は、あっち側で会おう！」

はっとした様子のれんちゃんは、すぐに何度も頷(うなず)いてくれた。

れんちゃんを撫(な)でて、手を振ってから病室を出る。さあ、急いで宿題を終わらせないと！

・・・・・

佳蓮は暗い部屋で、じっと時計を見ていました。もう何度も読んでほとんど記憶してしまった、大好きなお姉ちゃんからのお手紙を改めて読みます。

お姉ちゃんは、よく分からない佳蓮の病気を怖がらなかった数少ない人です。原因が分からない病気なのでみんなが、それこそ一部の看護師さんも佳蓮を避けるのですが、お姉ちゃんはためらうような素振りも見せず、佳蓮のことを抱きしめてくれました。

だから、佳蓮はお姉ちゃんが大好きです。忙しいのに毎日顔を見せてくれて、いろいろとお話ししてくれるお姉ちゃんが大好きなのです。

そのお姉ちゃんがプレゼントしてくれたゲームは、動物が大好きな佳蓮の興味を惹くのに十分なものでした。動物と友達になれるなんて、とっても素敵です。

わくわくしながら待っていると、佳蓮の病室にお医者さんのお兄さんが入ってきました。

「やあ、佳蓮ちゃん。待たせたね」

「んーん」

首を振る佳蓮に、お兄さんは優しく笑ってくれます。

お兄さんは部屋の隅にある機械を、ごろごろと足が回る台にのせて持ってきました。その機械は、佳蓮が使っているＶＲマシンです。大きな、けれど特殊な素材でとっても軽いヘルメットを佳蓮の頭にかぶせます。

お兄さんもヘルメットをかぶりました。初期設定までは一緒にやってくれるそうです。

「それじゃあ、始めるよ」

「うん！」

お兄さんがヘルメットの顎のところにあるボタンを押すと、音声が流れてきました。

『十秒後にログインします』

ベッドに横になって、目を閉じます。するときっかり十秒後に、不思議な浮遊感を覚えて、次に目を開けると夜の草原にいました。

「ちゃんとログインできたね」

その声に振り返ると、にこにこ笑っているお兄さん。

「ほら、佳蓮ちゃん。前を向いて」

「前？」

言われて、もう一度振り返ります。目の前にきれいなお姉さんがいました。

「初めまして。アナザーワールドオンラインへようこそ、大島佳蓮様」

「え、あ、あの、初めまして！」

挨拶は元気よく！　佳蓮が大きな声で言うと、お姉さんは微笑(ほほえ)んでくれました。

「うん。改めて……。私はゲームマスターの山下(やました)よ。運営の人で分かる？」

「分かる！」

「ふふ、いい子ね。本来はＡＩでの自動案内なんだけど、佳蓮ちゃんは特殊な事情なので私が手伝ってあげるね」

山下さんはそう言って佳蓮を撫でてくれます。むむ、この撫でられ心地はお姉ちゃんに匹敵するかもしれません。強敵です。

「まずは、ゲームで使う名前を決めるね。どんな名前がいいかな？」

「名前？　佳蓮だよ？」

「ふふ……。そうじゃなくて、ゲームで使うあだ名みたいなものよ。ゲーム中は本名は使っちゃだめなの。分かる？」

「分かる！」

つまりあだ名を自分で考えてほしいということでしょう。あだ名を自分で考えるのって普通なのでしょうか。ちょっぴり恥ずかしいです。

「じゃあ、れん、で！」

「え？　あ、ええっと……。本当のあだ名ということじゃなくて……。うーん……」

山下さんが困ったように佳蓮の後ろを見ます。多分、お兄さんの方を。佳蓮も振り返ると、お兄さんは苦笑して頷きました。

「問題はないでしょう。そのまま進めてあげてください」

「畏(かしこ)まりました。それじゃあ、佳蓮ちゃん。ゲーム中は、れん、と名乗ってね？」

「はい！」

ぽん、と佳蓮の目の前に、黒い四角形が出てきました。なまえ、と書かれていて、その横にはれんと書かれています。これがステータス、というものなのでしょう。ちょっと感動です。

「では次に、ステータスの割り振りです。ＳＴＲ、とか言っても分からないかしら……。簡単にだけど説明するね」

こくりと佳蓮が頷くと、山下さんも頷き返してくれました。山下さんが言うには、ステータスを上げると対応する能力値というものが上がるそうです。

ＳＴＲ、力なら攻撃力。ＤＥＦ、防御なら防御力。ＶＩＴ、体力ならＨＰ。ＤＥＸ、器用さなら生産の成功率や弓の攻撃力。ＡＧＩ、俊敏なら素早さ。ＭＡＧ、魔力なら魔法の安定性。

これらを踏まえて、自分のプレイスタイルに合ったステータスを上げる、とのことなのですが……。なんとなくは理解しましたが、どれを上げればいいのかまではよく分かりませんでした。

「それじゃあ改めて、れんちゃんは何の能力を上げたいのかな？」

「んっと……。おねえちゃんにお勧めを聞いてるの」

「そうなの？」

「うん！　えっとね、直接戦うことはあまりないはずだから、移動しやすいように……、あれ？　なんだっけ」

何を上げるのか確かに書いていたし覚えていたはずなのですが、忘れてしまいました。横文字、ということは分かるのですけど。

「えっと……えっと……。あじ、あじ……あじり！」

「惜しい！　ＡＧＩ、アジリティね。他に希望は？　なければ、他は万遍なくしておくけれど」

「じゃあ、はい。それで」

難しいことはよく分からないのでお任せです。山下さんは頷くと、手元で何かしています。見えないキーボードでもあるのでしょうか。すぐに、佳蓮のステータスが追加されました。

ちから：五、ぼうぎょ：五、たいりょく：五、きよう：五、はやさ：三五、まほう：五。

「次は、スキルです。初期スキルの中から三つまで自由に習得できるよ。ここで習得しなくても、ゲーム内でも条件を満たせばいつでも習得できるから、気楽に考えてもいいけど、ここで習得しなかった場合は覚えるのにスキルポイントが必要になるから注意してね」

「すきるぽいんと？」

「そう。どんなスキルも条件を満たせば、スキルポイントを使ってスキルを強くすることができるの。でもこのスキルポイントはレベルアップでしかもらえないから、使う時はよく考えてね」

なんとなく、分かったような気がします。使う時はお姉ちゃんに聞きましょう。

「それじゃあ、れんちゃんは何のスキルが欲しいかな？」

山下さんに聞かれて、佳蓮はお姉ちゃんからのお手紙を思い出します。ええっと、確か……。

「テイムと、調合と、片手剣！」

テイムはとても大事です。これが一番大事です。動物と友達になれるとっても素敵なスキルです。

調合は、材料さえあればなんと動物のご飯を作れるそうです。ご飯を作って、手にのせて、食べてもらう……。想像しただけでとても楽しみです。

片手剣は自衛手段らしいです。お姉ちゃんが片手剣を使っているそうで、お姉ちゃんが使っていた剣を譲ってくれるとのことでした。

それらも山下さんに説明すると、山下さんはなるほどと少し考えて、

「そうね……。少しだけ、アドバイスしてもいいかな?」

「はい!」

これはお姉ちゃんにも言われていたことです。もしかしたらスキルについてはお勧めを教えてもらえるかも、と。その時はちゃんと自分でよく考えるように言われています。

「片手剣スキルじゃなくて、騎乗スキルにしましょう。きっとれんちゃんも気に入るよ」

「んー? でも、モンスターさんに襲われることもあるんだよね?」

佳蓮は戦いなんてしたくありませんが、襲われたら逃げるためにも少しは必要だと思います。そう言うと、山下さんは考えるように少しだけ視線を彷徨(さまよ)わせました。

「このゲームには秘密があって……。ちょっと待ってね……」

山下さんの動きが止まります。どうしたのでしょう。

「多分、一時的にログアウトして偉い人に何かを聞いているんだろうね」

お兄さんがそう教えてくれました。なるほどです。

すぐに山下さんは戻ってきたみたいで、こほんと咳払いをしました。

「れんちゃん。あまり一プレイヤーに肩入れ、えこひいきはしちゃだめなんだけど、れんちゃんにはきっと必要な知識だから特別に教えてあげる」

はて。何でしょう。

「このゲームに限らず、ほとんどのゲームのＭＭＯにはノンアクティブモンスターとアクティブモンスターがいるの。ノンアクティブがプレイヤーが近くにいても襲ってこなくて、アクティブが襲ってくるモンスターね。分かる？」

「うん。だいじょうぶ」

「うん。それでね、このゲームのアクティブモンスターは、ちょっと特殊なシステムになっているのよ」

「とくしゅ？」

「そう。このゲームのアクティブモンスターは、プレイヤーの敵意に反応して攻撃してくるの。つまり、敵意さえ向けなければ、襲われることはないの」

なんと。それはびっくりです。つまり、

「近づいてもふもふするだけなら大丈夫!?」

「そう。大丈夫。あと、ＰｖＰシステムもれんちゃんは小学生だから、オフにされてるよ。プレイヤーに襲われることは、どこにいてもあり得ない。だから、れんちゃんに片手剣スキルは必要ないと思うな」

「えと……。ぴぃぷいぴぃしすてむってなあに？」

「ああ、そうね……。他のプレイヤーと戦うための設定のことよ。これがオンになっていると、街の外だと他の人に突然襲われることがあるの」

それはとても怖いことだと思います。佳蓮は動物たちと遊べたらそれでいいのです。

「そうね。だかられんちゃんは常にオフになってるし、これは誰も変更できなくなってるの。誰もれんちゃんを襲うことはできないから、安心してね」

それなら安心です。片手剣もいらないでしょう。佳蓮も戦いたくはないのです。自衛がいらないのなら、ひたすら動物をもふもふなでなでするスキルがいいです。

「じゃあ、それで！」

「はい。じゃあ、それで設定しておくね」

ステータス画面がさらに追加されました。

「次は、容姿だけど……。身長や体格とかは、リアルとの誤差を最小限にするために変えられないの。顔の輪郭とかならある程度変更できるけど、どうする？」

「りんかく？」

「ああ……。形ね。顔の形。あとは、目や髪の毛の色も変えられるわ。希望はある？」

「そのままで！」

姿を変えるつもりはありません。だって、それをすると、お姉ちゃんが気付いてくれないかもしれないのです。お姉ちゃんに気付いてもらえなかったら、とっても寂しくて、多分ゲームなんてやめちゃいます。

山下さんは頷いて、そのまま進めてくれました。

「最後に、最初に転移できる街を三つから選べるわ。街の特徴は……知ってる？」

「知らないです！」

「ふふ。正直なのはいいことね。それじゃあ、特徴だけ教えてあげる」

山下さんは楽しそうに笑いながら、三つの街について教えてくれました。

ファトスは自然豊かな街。農業や釣りといった、いわゆる一次産業のスキルの習得や練習に適した街です。

セカンは石造りの街並みが美しい街。裁縫や鍛冶など、二次産業のスキルに適しています。他二つの街にも行きやすく、プレイヤーが最も多い街なのでここから始める人が多いのだとか。

サズは中央に闘技場がある街で、武器スキルを初めとした戦闘スキルを覚えられる街。近くにダンジョンもあり、戦うことが好きな人が集まるらしいです。

「れんちゃんはどこに行きたいかな？」

「あ、あの、おねえちゃんが、ファトスって街で待ってるの！」

「あ、そうなんだ。それなら、ファトス開始にしておくね。……これで、よし」

どうやら終わりのようです。なんだかちょっぴり長く感じました。

でも、これで、いよいよお姉ちゃんと会えて、動物と友達になれる！　そう考えると、とても、とっても、わくわくします！

「それじゃあ、佳蓮ちゃん。僕はここでお別れだから。お姉ちゃんと会ったら、いっぱい楽しんでくるんだよ」

お兄さんがそう言ってくれたので、佳蓮はしっかりと頷きます。お兄さんは満足そうに笑って頷くと、消えてしまいました。

「それでは、れんちゃん。楽しいファンタジーライフを！」

そう言って、山下さんが手を叩(たた)きます。すると、佳蓮の体がゆっくりと浮き上がりました。

「れんちゃん！　最後に、お姉さんから、個人的なアドバイス！」

「んー？」

「このゲームのモンスターは、どんなモンスターでもテイムできるから！　友達になれるから！　たくさんのモンスターと出会ってみてね！　友達になりたいっていう気持ちのテイムなら、敵意判定は受けないから！」

その後も何かを言っていたようでしたが、残念ながら山下さんの姿は見えなくなってしまい、声も途切れてしまったのでした。

気が付くと、れんは綺麗な噴水の側にいました。きらきらと光り輝く噴水です。太陽の光を反射して……とか、そんなことを聞いた覚えがあります。

そう、つまり、光の下にいます。

空を見ます。お日様を見ます。ちょっと眩しくて、目を細めました。でも、それだけです。ぽかぽか温かい、お日様の光です。

体は、痛くありませんでした。

この世界はゲームだと、ちゃんと分かっています。作り物です。分かっています。それでも。それでも。とても久しぶりに浴びることができたお日様の光は、その温もりは、れんの心まで温めてくれるかのようでした。

・・・・・

午後六時十分前。私は最初に選べる街の一つ、ファトスに来ていた。ファトスの中央には大きな噴水があって、ファトス開始のプレイヤーは必ずここに現れるのだ。

最初はチュートリアルのクエストがあるから初心者さんは見守るのがマナーなんだけど、リアル知人の場合はその限りではない。まあ、当たり前だね。

噴水の側で待っていると、ちらちらと私の方にも視線が向けられてくる。でもすぐに興味なさそうに逸らされた。知り合いを待ってるんだろうと判断されてると思う。

のんびり待つことしばらく。噴水の側に魔法陣が唐突に現れて、白く光り始めた。誰かが来る合図だ。みんなが興味深そうにちらちらと視線を送ってくる。今から驚く表情が目に浮かぶね。

次の瞬間、ふわりと、小さな女の子が降り立った。

「んー……？」

あはは。容姿についてはは何も書かなかったんだけど、全くいじらなかったみたいだね。毎日見てる姿のままだ。もちろん装備は初期装備で、初期服らしい簡素な服に胸当てがついてる。ちなみに、れんちゃんが分かりやすいように私も初期装備だ。

れんちゃんは周囲を見回して、そして空を見て、何か感じ入っている様子。ＶＲゲーム内とはいえ、太陽なんて久しぶりに見ただろうから、それでかもしれない。

で、その姿を見た周囲のプレイヤーは、例外なく驚きに固まっていた。まあ、当然だと思う。

ＶＲゲームはリアルとの齟齬を最小限にするために、体の骨格を変更することはできない。身長はリアル準拠ということだ。

それはつまり、年齢相応の見た目のれんちゃんは、いわゆる合法ロリか、本当の小学生ということになるわけで。さらには小学生は普通ならプレイできないことを考えると、合法ロリの可能性が極めて高くなるってことだね。

合法ロリなんてそうそういるわけがないのに、男どもはいったい何の夢を見ているのやら。

ざわざわとうるさい周囲を無視して、私は最愛の妹に駆け寄った。

「れんちゃーん！」

「あ、おねえちゃ……むぐう」

ぎゅっと抱きしめる。ああ、さすがＡＷＯ（アナザーワールドオンライン）。抱き心地もリアルと同じだ。素晴らしい。れんちゃんはゲーム内でもかわいいなあ！

「お、おねえちゃん、だよね……？」

「ですよー！　れんちゃんの頼れるお姉ちゃんだよ！　ちなみに私以外はこうして抱きしめることなんてできないから、安心していいよ」

「そうなんだ……。おねえちゃんのことはどうすればひきはがせるの？」

「ひどい!?」

私がショックを受けていると、れんちゃんは小さく噴き出した。冗談だったみたいだ。よかった、本気で言われていたら一週間は立ち直れなかったと思う。

「さてさてれんちゃん。ここは騒がしいので場所を移動しましょう」

「うん」

れんちゃんの小さな手を握って、歩き始める。周囲はすごく声をかけたそうにしているけど、全て無視だ。

れんちゃんを連れて行った先は、街の南に広がる草原エリア、エララ草原だ。初心者さんが最初に狩りをするフィールドで、今もれんちゃんと同じ初期装備の人がせっせと最弱モンスターを倒している。

れんちゃんはそれを見て、ちょっとだけ嫌そうな顔をした。ゲームでも生き物を殺すのは嫌みたいだね。……あれ、ゲームの選択肢、間違えたかな……？

「れんちゃんれんちゃん。こっちこっち」

「んー？」

手招きして、さらに少し移動。たどり着いたのは、エララ草原の西、初心者キラーと名高い草原ウルフが出てくるエリアであるヒマリア草原だ。エリアの切り替わりは分かりにくいけど、出てくるモンスターは明らかに変わる。

このエリア、初心者が狩るモンスターがいるエララ草原と隣接する上、見た目だけは同じ草原なので、調子に乗った初心者さんが手を出してよく殺されている。ある意味通過儀礼として定番のイベントだ。修正しろ運営。

ただ、このエリアのモンスターはボスのウルフリーダーを含めてノンアクティブ、つまりあっちから襲ってくることはないので、のんびり雑談するのは問題ない。

「さてさて。れんちゃん、ステータス見せて」

「どうするの？」

「こう、指を下から上に振ると出てくるよ。運営さんが私限定の可視モードにしてくれてるはず」

「かしもーど？　おかし？」

「れんちゃんはかわいいなあ！」

なでくりなでくり。れんちゃんの表情が微妙なものになっていたので大人しくやめます。嫌われたくはないのだ。

れんちゃんが言われた通りの動きをすると、黒っぽい長方形の枠が出てくる。のぞき見ると、ちゃんとステータスが表示されていた。

「ふむふむ……。名前はれん、なんだね。呼び方変えなくていいから私は楽だけど、よかったの？」

「え？」

首を傾げるれんちゃん。ああ、これ、よく分かってなかったパターンか。まあ、本名でもないし、大丈夫かな。

「スキルはっと……。え、なにこれ。武器スキルは⁉」

「んー……。げーむますたー？　のやましたさんが、いらないって」

何故（なぜ）、と首を傾げる私に、れんちゃんは頑張って説明してくれた。その説明の内容は、初めて知るものだった。

いやいや。ちょっと待ってほしい。アクティブモンスターが敵意に反応するとか、初めて知ったんだけど。新情報じゃないのそれ。

でも、言われてみると納得することもあるんだよね。実は。

以前、急いで別の街に行こうとしていた人が、アクティブモンスターが大量にいるエリアを突っ切ったことがあったらしい。多少のダメージは覚悟して突っ切ったらしいけど、驚くことに一切襲われなかったそうだ。

それを聞いた検証大好きな変人たちが、いろいろなパターンを試して実験したらしい。同じように隣の街を目的に駆け抜けてみたり、装備なしで近づいてみたり。どこかへと駆け抜けた時のみ襲われなかったそうだ。

それで検証の人たちは、アクティブモンスターが反応するまでに多少の猶予があるのだろうと結論を出していた。急ぐ人のための温情措置だろうと。

でも、れんちゃんの話だと、当たらずとも遠からず、だったみたいだ。

別の街に行くのはモンスターへの敵意がないから反応しなくて、装備を持たずに近づいた場合はモンスターが目的だから敵意と判断された、のかもしれない。多分。

脳波を読み取るか何かしているＶＲゲームならではのシステムかな。実際の内部処理は分からないからなんとも言えないけど。

「でもだからって、武器スキルなしは思い切ったね……。驚いたよ」

「戦いなんていらないもん。なでなでしたいだけだもん」

ちょっと拗ねて頬を膨らませるれんちゃんかわいい。天使だ。いや女神だ。拝もう。

「それはもういいよ」

「はい。ごめんなさい。まあ、そういうことなら、そのままいってみよっか」

武器スキルなんて習得そのものはとても簡単だ。必要になれば覚えればいい。

「それじゃあ、れんちゃん！」

「はい！」

「お手本、ではないけど、こんな子がいるよってことで」

テイムスキルは私も持っているのだ。私も動物は好きだからね。生き物に責任を持つっていうのがちょっと怖くて飼ってないだけで、もふもふは大好きです。

「おいで、シロ」

私が呼ぶと、目の前に魔法陣が現れて、のっそりと名前の通りに真っ白な狼が出てきた。他の草原ウルフよりも大きいウルフで、首元の少し黄色い毛がチャームポイントだ。

私の自慢の子。通常の草原ウルフはグレー系統の色なんだけど、ごく稀に真っ白な個体が出現するのだ。たまたま見かけて、エサをあげてみたらなんと懐いてくれた。

それ以来、毎日のように手入れしてあげてる。かわいがってる。すっごくもふもふだ！

「わあ……！」

れんちゃんの目が輝いてる！　ふふふ、いいでしょうかわいいでしょう！

「撫でてもいいよ？」

私がそう言うと、れんちゃんはおっかなびっくりといった様子でシロの体に触れた。シロもこの子が私の身内と分かっているのか、抵抗なんてしない。むしろれんちゃんのほっぺたをぺろぺろなめてる。

「かわいい……！」

れんちゃんがシロを抱きしめた。すりすり頬ずりしてる姿は本当に愛らしい。いやあ、眼福眼福。

「おねえちゃん、私もわんちゃんがいい！」

「お目が高いねれんちゃん！」

犬扱いされたシロが少しショックを受けてるけど、気にしちゃいけない。シロが抗議の視線を送ってくるけど、気にしちゃいけない！　あとでご飯をあげてご機嫌を取ろう……。

「それじゃあ、れんちゃん。テイムのやり方を教えるね」

「うん！」

元気よく返事をするれんちゃん。返事をしつつも、シロをもふもふし続けている。シロの毛並みを気に入ったのかもしれない。

「やり方は簡単。テイムしたいモンスターにエサをあげるだけ。モンスターが食べてくれれば、絶対にではないけど友達になってくれるよ」

「それだけでいいの？」

「うん」

本当は、それはかなり特殊なやり方だ。まだテイムモンスターがいなかったり、戦闘スキルが

育ってない初心者さんのためにある方法で、ノンアクティブモンスターにしか使われない。

実際は最初に戦闘をして、相手の体力を残りわずかにしてからテイムスキルを使うとテイムすることができる。それが本来のやり方だ。でも、そんなことはれんちゃんに教える必要はないはず。教えても、嫌がるだろうから。それに、ゲームマスターの話が本当なら、れんちゃんに本来のやり方は必要ないと思う。

「それじゃあ、手を出して」

素直に両手を差し出してきたれんちゃんに、私が作っておいた魔物のエサを渡してあげた。れんちゃんにあげる、と口に出せば、システム的にも譲渡完了だ。

れんちゃんに渡したのは大きな巾着袋。その中にはお団子みたいなエサが十個ほど入っている。これだけあれば草原ウルフならテイムできるはず。

「それじゃあ、がんばれ、れんちゃん！」

「うん！」

れんちゃんはもう一度シロを抱きしめると、早速駆け出していった。


最初のテイムは、なんだかんだと特別だ。私もこのシロが初めてテイムしたモンスターだけど、やっぱり他よりもかわいく思える。

まあ、だから、れんちゃんが悩むのも仕方ない。右を見ても左を見ても草原ウルフだらけの中、れんちゃんは考えながら歩いて行く。私は暇だし、というよりもれんちゃんのためにいるようなものだし、のんびりと付き合ってあげよう。

れんちゃんはたまにこちらに戻ってくると、シロをもふもふなでなでしていく。よほど気に入ったみたいで、シロも喜んで受け入れていた。なんだろう、見ていてとっても和む。

「ごめんね、おねえちゃん。時間かかっちゃって」

「いいよいいよ。気にせずゆっくりしてね。シロとのんびり待ってるからさ」

ありがと、とれんちゃんが頷いた直後、シロがぴくりと鼻を動かして、耳を動かして、そして少しだけ首を動かして視線を固定させた。なんだろう？

「何かあるの？」

れんちゃんも気付いてそっちに視線をやれば、

「あ」

「へえ……」

視線の先、少し遠い場所に、小さいウルフが出現していた。色も他と少し違って、薄いエメラルドのような綺麗な色。かなり小さな薄い緑色の狼。

珍しいものを見た。あれはこのフィールドに低確率で出現するレアモンスターだ。シロみたいな白い草原ウルフよりもさらに稀少。噂では、一日に一回、こっそりと出てきて、そしてすぐに消えてしまう、なんてことも言われてる。

見られただけでも運がいい、と思ったけど。

「シロ。もしかしてシロって、あの小さいウルフを見つけられるの？」

シロがこちらを見る。何を今更、みたいな顔、の気がする。そういうことなんだろうなあ……。

「かわいい！」

れんちゃんが真っ直ぐに駆け出していった。

「あ、れんちゃん、その子は……！」

あの子が稀少と言われる理由は、出現頻度もそうだけど、何よりもその逃げ足にある。プレイヤーを見つけると、あっという間に逃げ出して見えなくなってしまうのだ。高レベルのＡＧＩ極振りプレイヤーですら追えないほどの速さで。だから、こうして、見守ることしか……。

「あれ？」

驚いたことに、小さいウルフは逃げなかった。なんとれんちゃんは無事にたどり着いて、小さいウルフを撫で始めている。

「うわあ……。ふわふわもこもこ……」

「お、おお……」

どうしよう。すごく気になる。すごく！　気になる！　でも私が行くと、今度こそ逃げられちゃいそう！　いいなあれんちゃん！　私も撫でたい！

結構な時間、れんちゃんはその子をもふもふしていたけど、思い出したみたいにエサをあげた。

うんうん。せっかくのチャンスなんだから、ちゃんとチャレンジしないとね。さすがに一個じゃ無理だろうけど、あの様子なら何回かチャンスが……。

うん。うん。なんで一回で成功してるの？　なんで嬉しそうにれんちゃんの足下を走り回ってるの？　え、いや、え？　はい？　なんで？

つんつん、とシロが足をつついてくる。そちらを見やれば、シロは何やってるんだお前、みたいな顔をして、れんちゃんの方へと歩いて行ってしまった。なんだろう、とても、負けた気がする。シロに負けた気がする！　悔しい！

シロに続いてれんちゃんの元へと向かえば、れんちゃんは小さいウルフを腕に抱えてもふもふしていた。なんだこれ。かわいい。かわいいとかわいいがまざりあって最強だ。

改めて見ると、本当にこのウルフは小さい。子犬程度の大きさしかない。本当に子供だったりするのかな。

「れんちゃん、テイムできた？」

「うん。えっと、おともだちになりました、て出てきたよ」

「その表示もれんちゃん専用なんだね……」

ちなみに普通は、テイムに成功しました、だ。すごく特別扱いされてないかなこの子。多分、れんちゃんにも分かりやすいようにって配慮してくれたんだと思うけど。

「ステータス見せてもらってもいい？」

「えっと……。こう、かな」

れんちゃんが表示してくれたステータスを後ろから見てみる。

このウルフは、ラッキーウルフ、というらしい。そのまんまかい。

種族の説明には、草原ウルフの希少種、白いウルフに守られているウルフのお姫様、とあった。戦闘能力は高くないけど、連れて歩けばいろいろな恩恵があるらしい。

説明文を読み上げてあげれば、へえ、と気のない返事。そっちには興味がないらしい。れんちゃんらしい。

「れんちゃん。名前を考えてあげないと」

「名前！」

ふわふわもこもこウルフを抱いていたれんちゃんがむむ、と唸る。いい名前をつけてあげてね。

「ラッキー！」

「まって。いやほんとに待って。え、え？　それでいいの？」

首を傾げるれんちゃん。その仕草もかわいいね！　でもね、本当にそれでいいの!?

ラッキーって、そのまんますぎるよ！　それに確かに犬の名前にラッキーって使われる時もあるけど、その子、狼だからね!?

「おねえちゃん、登録されたよ！」

「う、うん……。そっか。いや、れんちゃんがそれでいいなら、いいんだけどね？」

色々と言いたくなるけど、れんちゃんがいいなら、いいか。うん。

「えへへ。らっきー」

「わふん」

ぺろぺろれんちゃんのほっぺたをなめるラッキー。あざとい。実にあざとい。狼じゃなくて犬だね、間違い無い。

ところで。そう、ところで、だ。私はね、とっても嫌な予感がしているわけですよ。ラッキーウルフの説明文には、ウルフのお姫様とあった。それはつまりさ、親がいるってことじゃないかな。王様みたいなのがいるってことじゃないかな!?　そして私は残念ながらそれに心当たりがあるんだよね！

ずしん、と地面が揺れる。まあ来るよね、と振り返れば、大きな大きな黒いウルフさん。普通の草原ウルフの十倍以上の大きさ。でかい。このエリアのボスモンスターだ。

娘さんを取り返しにきたのかな。そうなんだろうな。そうとしか思えない登場の仕方だったよね。

まあ、倒せるのは倒せる。危なげなく倒せる自信がある。エリアボスといっても、最初のエリアだしね。今更後れを取るとは思わない。

でもなあ……。れんちゃんの前で、ゲームのモンスターとはいえ、生き物を殺したくないなあ……。

「おねえちゃんおねえちゃん！」

「んー？　お姉ちゃんは修羅場を乗り切る方法を考えるのに忙しいけど、どうしたの？」

「ともだち増えた！」

は？　とまた振り返れば、草原ウルフが三匹ほど取り囲んでれんちゃんをぺろぺろしていた。なんだこれ。しかも全部テイムしたみたいだし。

「あ」

お、れんちゃんがボスに気が付いた。

「おっきないぬ！」

やめてあげて！　犬扱いにボスですら一瞬動き止まったから！　モンスターにもＡＩが積まれてるかも、とは聞いたことあるけど、真実味が増すね。こんな気づき方はしたくなかったけど。

そしてれんちゃんは恐れることなくボスに向かっていった。すごいよれんちゃん。怖い物知らずだね。

まあ、ノンアクティブだから問題はないんだけどね。ぺたぺたボスを触って、ふわあ、なんて間延びした声を上げてる。ぺたぺた、というか、もふもふ、というか。いいなあ、柔らかそう。

ボスの黒い大きなウルフは、じっとれんちゃんのことを見つめていた。顔を近づけて、ふんふん臭いを嗅いでいる。

「あ、そうだ！　あなたも食べる？」

れんちゃんが、エサを差し出して。ボスが、ぱくりと食べて……。

「えー……」

ボスのテイムに成功するとか、どういうことなの……。


ボスのテイムは、テイマーたちがずっと試してきたことだ。眠らせてみたり、ぎりぎりまで体力を減らしてみたりして、どうにかテイムしようとみんなが躍起になっていた。

けれど、誰一人として成功することはなかった。確率が低いだけなら、いつかは誰かが成功するだろうに、ただの一人も成功しなかったのだ。

出された結論は、ボスモンスターはテイムできない、というもの。私もそれを疑ってなかったんだけど……。


「えへへー。ディアももふもふだあ」

ボスの背中に乗って、全身でもふもふを堪能するれんちゃん。現実逃避したくなる。

そのれんちゃんの頭の上には、小さいウルフのラッキー。なんか、すごい光景を見てる気がする。

ちなみにボスはディアと名付けられました。かっこいい名前だね。うん。

他の草原ウルフについては、名付けはなし。何か名前をつけようとしたけど、私が止めた。後々区別がちょっとだけやりにくくなるためだ。

テイムの仕様だけど、連れ歩けるテイムモンスターは六匹までだ。それを超えると、ある場所にモンスターを預けることになる。今後もたくさんテイムするだろうから、連れ歩く子を選びやすいように、名前をつける子は特にお気に入りの子にしてほしい。

まあ、でも、それ以上に。全部のテイムモンスターに名前をつけると、当然ながら覚えきれなくなるし名前のネタもなくなる、というのが本音。同種のモンスターは区別がつきにくいから余計にね。

「それにしても……」

まだ一時間程度だというのに、なんでこんな怒濤の勢いでやらかしてるのかな。誰かに迷惑かけるようなことじゃないからいいけどね。いいけどさあ！

「ごろごろー」

ああ、大きな犬の上でごろごろ転がるれんちゃんがかわいい……。なんか、考えるのが面倒になる。いいなあ、私もごろごろしたい。

「シロでごろごろとか……。どう考えても無理か」

うん。変なこと言ったのは分かってる。何言ってんだこいつ、みたいな冷たい視線はやめるんだ。

草原の隅っこで、ウルフたちと戯れるれんちゃんをのんびり眺める。なんだかこう、幸せな気持ちになる。と思っていたら、れんちゃんがディアの背中から下りてきた。草原ウルフが集まってきた。何も知らない人が見たら初心者さんが襲われてるように見えるのかな。

「わ、わ、わ……！」

ウルフたちにもみくちゃにされてる。ほっぺたなめられまくってる。見ていてちょっと面白い。

ウルフたちはひとしきりなめると満足したのか、離れていく。一定距離まで離れて、丸くなった。

あれは、もしかしてれんちゃんを守る布陣なのかな。

「おねえちゃーん！」

おっと、呼ばれたので行きますか。

シロを連れて、れんちゃんの元へ。れんちゃんはとことこ走ってきて私に抱きついてきた。

ぎゅっと抱きしめておく。

「わぷ……。おねえちゃん、苦しいよ？」

「寂しかったもので」

「えー」

嘘ではないけど、まあ見ているだけでも十分でした。こっそり視覚撮影でスクリーンショットもたくさん残した。ほくほくですよ私は。

「それで、どうしたのれんちゃん。もういいの？」

「んー……。この後は何するのかなって」

「特に予定はないよ。街を案内しようかなと思ったけど、れんちゃんはこの子たちと遊びたいんでしょ？」

「うん！」

「それなら、街は明日にしよう。今日はたっぷり遊んでおいで」

背中を押してあげると、れんちゃんは嬉しそうにディアの元へと駆けていった。あんなに楽しそうなれんちゃんを見るのは久しぶりだ。

ディアやラッキーと遊び始めるれんちゃんを眺めながら、私はシロをもふもふした。寂しいわけじゃない。ないったら、ない。

配信準備②

翌日、午後六時。今日は看護師さんがＶＲマシンの準備をしてくれます。二時間後に取り外しに来てくれるそうです。

「それでね、それでね、ちっちゃい犬とおっきな犬と友達になったの！」

「ふふ、そうなんだ。良かったね。どんな名前にしたの？」

「ちっちゃい方がラッキー、大きい方がディア！」

「そっか」

すぽん、とヘルメットをかぶります。看護師さんに促されて、ベッドに横になりました。

昨日、ゲームを終えてから、この時間がとても待ち遠しいものでした。はやくラッキーとディアに会いたいのです。お姉ちゃんにも街を案内してもらう予定なので、それもとっても楽しみです。

佳蓮が機嫌良く笑っていると、看護師さんは小さく笑いました。

「楽しそうで良かった。今日もたっぷり遊んでくるのよ」

「うん！」

佳蓮は知らないことですが、ずっとこの病室にいる佳蓮は看護師や他の患者からとても心配されています。だからこそ、こうして屈託のない笑顔を見て、彼ら彼女らはとても安心していました。

「はい、それじゃあ、いってらっしゃい」

　看護師さんの声に送られて、佳蓮はゲーム内にログインしました。

・・・・・

　午後六時少し前。私はれんちゃんと会う前に、報告のためにとある場所に来ていた。来ていた、というか、呼ばれたんだけど。

　なんだか古くさい山小屋の中。私の対面に座っているのは、ゲームマスターの一人、山下(やました)さんだ。

「なるほど。一応こちらでもモニタリングしていましたが、楽しんでくれているようで何よりです」

「いやあ。本当に、皆さんにはなんてお礼を言えばいいのか。あんなに楽しそうなれんちゃんを見るのは久しぶりで」

「そう言ってもらえると、運営一同とても嬉(うれ)しく思います。おそらく、あの子がこの世界を一番楽しんでいるでしょうから」

「あははー。私もそう思います」

　このゲームは決して戦闘がメインのゲームじゃない。むしろ異世界での生活を主題としたゲームだ、と山下さんも言っていた。だからこそ、戦闘よりももふもふ一直線のれんちゃんが彼女たちにとっても好ましいらしい。

「開発陣曰く、動物やモンスターのデザインに一番苦労したらしいんですよ。触った時に、リアルのような、むしろそれ以上の肌触りになるように、と苦心したそうで。あの子の映像を少しだけ見せてあげましたが、それはもう狂喜乱舞していて、気持ち悪かったです」

「あ、はは……」

苦労が報われたら嬉しいのは分かるけど、それはちょっと聞きたくなかった……。

「では、そろそろ六時ですし、今日はここまでにしておきましょう。何かあれば、いつでもご連絡ください。最低でも私はすぐに対応できるようにしておりますので」

「すみません、ありがとうございます」

運営にとっても、やはり小さい子の様子は気になるらしい。主に、健康面で。まあ戦闘なんてせずにひたすらもふもふと遊んでいるだけになりそうなので、問題ないとは思うけどね。

「あ、ところで山下さん、れんちゃんがテイムしたあのウルフについて聞きたいんですけど……」

「ああ……。ラッキーウルフが逃げなかった理由と、ボスが簡単にテイムできた理由、でしょうか」

「です」

山下さんは答えていいか少し悩んだみたいだったけど、まあいいかとばかりに話してくれた。

「プレイヤーの皆様は勘違いされているようですが、ラッキーウルフはアクティブモンスターです。

ただ、攻撃をしてくることはなく、全力で逃走するの一択ですが」
「あー……。なるほど……。だから敵意なしのれんちゃんは簡単に近づけたんですね」
「そういうことです。ボスについては、テイムしたラッキーウルフが近くにいる時の特殊効果です
ね。テイムできる確率が跳ね上がります」
「おお……」
「ちょっとずるいと思うかもしれませんが、戦闘能力の低いラッキーウルフを守りながら戦いつつ、
テイムしなければならない、という内容だったのです、が……。純粋な子って怖いですね……」
山下さんもラッキーウルフをいきなりテイムするとは思ってなかったらしい。てっきり運営が気
を利かせてくれたのかと思っていたけど、まったくの偶然みたいだ。
「敵意がないために攻撃されなくて、友達になりたいとテイムしていて、さらにはラッキーウルフ
で確率まで上げられていて……。大丈夫ですかこれ。なんか、こわいんですけど」
「チートをしていたならともかく、公式の設定ですから。さすがにこの合わせ技は我々も予想外で
したけど」
「ですよね……。ラッキーウルフの人気が高まりそうです」
私がそう言うと、山下さんはにやりといたずらっぽく笑った。いや、むしろ、とっても黒い笑顔
だ。頬を引きつらせる私に、山下さんは意味深に言った。
「ふふ……。友達になりたい、は敵意なしと判断されますけどね。能力が欲しいからテイムしたい、

は当然のように敵意判定を受けますよ」

　テイムできる方はいるでしょうかね、と笑う山下さんの笑顔は真っ黒だった。大人怖い。

　そんな報告会を終えてやってきたのは昨日の草原。れんちゃんの姿を捜すと、昨日と同じ草原の隅に大きな狼（おおかみ）がいるのが見えた。そちらへと向かってみれば、案の定と言うべきか、れんちゃんがいた。

　ディアが大人しく寝転がっていて、その体をお布団にしてれんちゃんは眠っている。抱き枕はラッキー。こちらも大人しくして……、あ、寝てる。

　ディアがこっちに視線を向けてきたので会釈してみる。なんと、会釈を返された。かしこい。

　れんちゃんは、目を閉じてるだけかもしれない。とりあえず声をかえてみようかな。

「れんちゃんやーい」

　うん……。うん。反応なし。つんつんと頬を軽くつついてみる。おお……。びっくりするぐらいもちもちほっぺただ。つつき続けたくなるけど、我慢して、れんちゃんの顔を見る。反応なし。やっぱり寝ちゃってるみたいだね。

　いやあ、それにしても……。いいなあ、これ。もふもふ天国だ。私ももふもふを布団にしてもふもふを抱いてもふもふで寝たい。もふもふ！

　ただ、ほどよいところで起こさないといけない。うたた寝の場合、三十分ほどで強制ログアウトだ。この強制ログアウトはＶＲゲーム共通の設定だから私も変えられない。

　理由としては、危ないから、らしい。ＶＲマシンのほとんどはヘルメットの形状だ。つまりヘルメットをかぶったまま寝ることになるわけで、当然首を痛めるし怪我もあり得る。そういった報告も多数あったから、この強制ログアウトが加えられたんだって。

　気持ち良く寝ていた時に強制ログアウトで目覚めると、なんだか微妙に気分悪いんだよね。体調が悪くなるってわけでもないんだけど。

　すぐに起こすのは申し訳ないので、私はれんちゃんの側でシロを呼び出して、とりあえず抱きしめた。もふもふである。

　そうして待つこと二十分。それでも起きないのでそろそろ起こしましょう。でも起こす前に写真を撮ろうかな。

　メニューを開いてスクリーンショットを選択すると、手元にデジカメが出てくる。これで写真を撮ると保存される仕組みだ。ちなみにメニューからのデジカメを使わなくても、写真を撮りたいと強く念じれば見ている視界そのままの映像を保存することもできる。私はカメラを使う方が好きだけど。というわけで、ぱしゃりと。……うん、いい感じ。よしよしではでは。

「れんちゃん」

　とりあえず呼んでみる。反応なし。

「れんちゃん！」

叫んでみる。反応なし。

仕方ないのでアラームだ。普通は他人のアラームなんて聞こえるわけがないんだけど、私は保護者ということで私のアラームはれんちゃんにも聞こえるようになっているのだ。

一分後にタイマーセット。するとぽん、とすごく古くさい目覚まし時計が目の前に落ちてきた。開発の人の趣味かな。その目覚まし時計をれんちゃんの側に置いて、と。

私が耳を塞ぐと、シロとディアも前足で耳を塞いだ。なにこのかわいい仕草。

そしてけたたましく鳴る目覚まし時計！　飛び起きるれんちゃんとラッキー！　一人と一匹はびっくりした顔できょろきょろしてたけど、私と目が合うと頰を膨らませた。

「おねえちゃん、ひどい」

「ごめんごめん。でももう少ししたら強制ログアウトだったよ。どっちみち起こされるなら、ディアたちに囲まれたここで起きたくない？」

「むう……。それはそうだけど……」

ぽふん、とディアにもたれるれんちゃん。そのれんちゃんのほっぺたをラッキーがなめて、れんちゃんがラッキーをぎゅっと抱きしめた。ふわふわしてそう。

「そろそろ街の案内に行きたいけど、いいかな？」

「うん」

れんちゃんが立ち上がって、歩き始めようとしたので慌てて言った。

「ちょっと待ってれんちゃん。ディアには一度帰ってもらっていい？」

「え？　どうして？　一緒に行きたい」

「うん。気持ちは分かるけど、こんなに大きな狼が街の中を歩いてたら、れんちゃんならどう思う？」

「かわいい！」

「だよね！」

　れんちゃんならそう答えるだろうね！　でも違う、そうじゃない、そうじゃないんだよ……！

「でも他の人はやっぱりちょっと怖いんだよ。大人しいって知ってるのは私たちだけだから。連れて歩いちゃうと、怒られるかも」

「そっか……。ごめんね、ディア。また後で会おうね」

　れんちゃんがそう言ってディアの体を撫(な)でると、ディアはそれでいいと言いたげにれんちゃんのほっぺたをなめた。うん。なんか、よだれすごそう。ゲーム内だから表現はとても控えめだけど、これリアルだったらとんでもないことになってるんだろうなあ。

　またあとでね、とれんちゃんが手を振ると、ディアは突然出てきた大きな魔法陣で消えてしまった。送還はいつ見ても少し驚く。れんちゃんも凍り付いて動かなくなってしまった。

「お、おねえちゃん！　ディアが！」

「うんうん。あとで会えるから落ち着いてね。ほら、行くよ」

け笑ってしまった。

「う、うん……」

なんだか不安そうにディアがいたところを何度も振り返るれんちゃんがおかしくて、ちょっとだけ笑ってしまった。

多くのプレイヤーが訪れる街だけあって、最初の街のファトスはとても広い。ただ、広いといっても、正直なところこの街は……。

「あのね、おねえちゃん。ここって、街なの？　村じゃなくて？」

「街と言えば街なのです。まあ、多分他と統一してるだけで、村だよこれは」

「だよね……」

ファトスは初心者さんが初めて降り立つ噴水を中心として、その周辺の少しは石造りの街並みで整備されてるんだけど、そこを少しでも外れるとのどかな田園地帯になる。ちなみに明らかに季節が違うとか一緒に育てられない作物が栽培されてるけど、まあそこはゲームなので気にしちゃだめな部分だ。一応、ゲームだからっていう注意書きもあるしね。ちなみに田園や田畑は、ＮＰＣの皆さんがお世話してる。声をかけるとにこやかに挨拶してくれる人たちだ。

他にも、広い放牧地や釣りができる大きな池、鉱石を採取できる地下空洞と、一次産業に関わるものなら何でもある。見た目はのどかな村だけど、実は結構混沌としてる。

そんな街だから、街の広さはこのゲームの中でも最大規模だ。でも滞在するプレイヤーの人数は少なくてあまり出会うことはないから、のんびりと好きなことができる素敵な村だ。あ、いや、街だ。

それをざっと説明したんだけど、ふーん、の一言で片付けられた。興味なしですかそうですか。

「まあ、うん。テイムはここファトスに分類されてるから、ここを選んでもらったってわけだね」

「んー……」

「えっと……。イメージと違った？　セカンに行ってみる？」

すでにテイムも覚えてテイムモンスターもいるなら、ここにこだわる理由はない。いわゆるファンタジーライフはセカンが一番イメージに合うと思う。そう思って聞いてみたんだけど、れんちゃんはゆるゆると首を振って、にぱっと笑った。

「ここがいい。のんびりしてて、好き」

「あー……。そっか。そうだね」

確かに、セカンより向こう側はなかなかに騒がしい。ここを拠点にしている人はゆっくり過ごしている人も多いし、動物と戯れるならここだろうね。

れんちゃんを連れて案内して場所を教えるのは、道具屋や武具屋など、施設関連。しかしそれらは場所だけ知っていればいいのです。だいたいは噴水の周辺にあるしね。目的地は、村の……じゃなかった、街の郊外にある、ここ！

「テイマーズギルド！」

「おー」

大きな木造平屋の建物。でもメインは、その向こう側に広がるギルドの所有地！　ここはテイマーさんたちが交流する場所で、その所有地の放牧地ではテイムしたモンスターと一緒にみんなで遊ぶことができるのだ！

まあ遊ぶというか、我が子自慢ばかりだけどね！　自分がテイムした子が一番かわいいと言い張って譲らない連中だからね！　変人ばっかりだね！

まあ私もシロがかわいいけどね？　でも一番かわいいのはれんちゃんです、当たり前だよね。

「なんか、おねえちゃんの目が気持ち悪い」

「ひどい」

しょんぼりしつつ、ギルド内へ。ギルド内は椅子とか机とかは最小限で、ここでもみんなテイムしたモンスターを出して自慢してる。そんな人たちを見て、れんちゃんは少しだけ体を硬くしたみたいだ。どうしたのかな。

でも、モンスターたちを見て、表情が一変した。

「わあ……！　たくさんいる……！」

れんちゃんの瞳が輝いて、あっちこっちに視線がいってる。大きな鹿に興奮したかと思えば、巨大な水槽に浮かぶイルカのような何かに歓声を上げて、とても楽しそうだ。

「え、うそ、子供？」

「どう見ても小学生だよな？　まさか合法ロリ!?」

「そんなもんいるわけねえだろ。……いや、でも、そうだとしたら小学生？　どうやって？」

　居合わせた人はみんなれんちゃんに驚いて、そして、

「なあ、あの子が抱いてるのって、まさか……」

「うそ!?　小さいウルフ!?　テイムしたのか!?」

「うわあ！　ふわふわもこもこしてる！　さ、触ってみたい……！」

　ラッキーに釘付けになった。さすがは動物好きが集まるテイマーズギルド。幼女よりも子犬とは、さすがだ。

「れんちゃんこっち」

　建物の奥、カウンターにれんちゃんを連れて行く。

「何するの？」

「まずはギルドに登録。お姉さんに話しかけてみて」

「うん」

　登録といっても、難しいものじゃない。基本的な情報はシステムに登録されてるわけで、ここでするのは利用しますという宣言みたいなものだ。特に何か聞かれることもなく、名前を告げて、畏まりましたと言われておしまい。本来はそのすぐ後に説明もしてもらえるけど、今回はれんちゃんに必要な部分だけ私がすればいいので省略。

「それじゃあれんちゃん。メニュー出して」

「うん……」

「メニューに新しい項目できてるでしょ？　ギルドホームってやつ。そこに触れてみて」

このギルドホームがギルドに登録した目的だ。ギルドに登録することで初めて使える項目なのだ。

ちなみにギルドはたくさんあるけど、どれに登録するかは自由だったりする。というのもこのゲーム、職業という概念がないのだ。どんなスキルでも自由に習得できる。でもスキルポイントは限られてるから、自分のプレイスタイルに合わせてスキルを選ぶことになるわけだね。

テイマーも剣士も魔法使いも、みんな自称だ。自分のプレイスタイルを分かりやすく伝えられて便利だからね。

だから登録するギルドも自由。ギルドごとにそれぞれのメリットがあるから、それを踏まえて決めることになる。れんちゃんの場合はテイマーズギルド一択だろうけど。テイマーズギルドのメリットは裏の放牧地の利用権だから。でも今はとりあえず、ギルドホームだ。

頷（うなず）いたれんちゃんがメニューに触れた直後、れんちゃんの姿が消える。とりあえずは無事に移動できたらしい。私も早く追うとしよう。

私もメニューのギルドホームをタッチする。するとれんちゃんにはない、別のメニューが出てくる。マイホーム、と、れんのホーム、という項目。保護者特権だ。ふふん。

れんのホームをタッチすると、すぐに視界が切り替わった。短い草と少しの木、そして小さい家しかないフィールドだ。

「あ、おねえちゃん！　なにこれなにこれ！」

れんちゃんがぱたぱた腕を振り回して聞いてくる。すごく興奮してるのが分かるけど、いつもと違う仕草がとてもかわいい。

そのれんちゃんの側には、尻尾をぶんぶん振ってるディアがいた。犬か。犬だな。

「ここはプレイヤー一人一人に与えられるフィールドだよ。広さはあまりないけど、定額課金で広くすることもできるよ。で、ここのフィールドには、テイムして預けたモンスターが全部いるからね」

テイムモンスターを連れ歩けるのは六匹まで。じゃあそれ以上テイムしたらどうなるか、だけど、その答えがこのホーム。六匹を超えると自動的にホームに預けられることになる。

預けたモンスター、つまりホームでの待機モンスターは、ホームに来ればいつでも同行モンスターと入れ替えることができる。もちろん待機モンスターを増やして同行モンスターが一匹だけ、というのも可能だ。テイムした子とすぐに遊びたいなら、同行モンスターは減らした方がいいかもね。

ちなみにだけど、同行モンスターはいつでも呼び出したり隠したりすることができます。隠れてる間、どこにいるかは説明がないので分からない。呼べばうにょんと地面から出てくる。陰にでも入ってるのかな。システム的なものに突っ込むべきではないとは分かってるけど、不思議現象だ。

れんちゃんと一緒にフィールドの奥へと視線を投げれば、草原ウルフが走ってくるところだった。

わあ、とれんちゃんが歓声を上げて、遊び始める。思わず頬が緩む。

このフィールドは、ゲームでの土地や家を購入して模様替えなどを楽しむシステム、いわゆるハウジングシステムの代わりだ。最初はそれぞれの街で実際に家を購入できるようにしていたらしいんだけど、プレイヤー数が想定を遙かに超えてしまったために足りなかったらしい。

それならと運営は、プレイヤーが管理できる小さいフィールドを提供して、街にある家々は一部例外を除き、クラン専用として、クランマスターのみが購入できるようになった。

ちなみにクランっていうのはプレイヤーが集まるコミュニティみたいなものです。ほとんどのオンラインゲームにあるいつものやつだね。

と、ここまで口に出してはいたんだけど、れんちゃんは興味がないらしい。まあいいんだけど。

「れんちゃんれんちゃん。もうちょっといいかな」

「はーい」

れんちゃんがディアに乗って戻ってくる。……いやちょっと待って。

「なにそれ!?」

「え？　のせてってお願いしたら、のせてくれたよ？」

「うそお!?」

ウルフに乗れるなんて聞いたことないんだけど!?

試しにシロを呼び出して、乗せて、とお願いしてみる。何言ってんだこいつ、みたいな顔をされた。ひどい。

　でもどうしてだろう、と少し考えて、れんちゃんの初期スキルを思い出して納得した。

「このための騎乗スキルか……！」

　さすが運営だよ本当に！　私もあとで取りに行こう。馬に三十分ほど乗って練習すれば習得できるスキルだったはずだ。多分。

「おねえちゃん？」

「あ、ごめんごめん。あれ、気付いてる？」

　私の後ろを指差して、れんちゃんと一緒にそちらを見る。そこにあるのは、小さな可愛（かわい）らしいログハウス。

「わあ！」

「あれ、れんちゃんのお家（うち）だからね。好きにカスタマイズ……模様替えしていいからね」

　本来の初期状態なら、本当にシンプルで何もない家のはずなんだけど、れんちゃんのお家は最初から小さい庭も完備されているし、家の中は小さいながらも椅子やテーブルも完備されている。これは山下さんにお願いして、私の所持品から事前にカスタマイズしたものだ。

　だって、せっかくのホームだからね！　喜んでもらいたいから！　と熱弁したら承諾してもらえた。他の人には内緒ですよ、とおもいっきり苦笑いされたけども。この先はれんちゃんにお任せだ。

「じゃあ、今日はここでのんびり遊びましょう。モンスターもテイムした子以外は出てこないから、好きに遊んできて大丈夫だよ」

「はーい！」

家の中をきょろきょろ見回していたれんちゃんだけど、私がそう言うとすぐに外に駆け出して行った。やっぱり家よりもふもふらしい。その気持ちはよく分かる。分かるけど、お家をがんばってカスタマイズした私としてはちょっと寂しい。いや、いいけどね。

「もふもふと戯れるれんちゃん……。後ろ姿なら、いいかな」

ちょっと自慢したくなったので、後ろ姿が写るように写真を撮る。頭にラッキーを載せて、ディアに抱きつくれんちゃんだ。

「れんちゃんれんちゃん。顔は見えないようにしておくから、ちょっと写真を公開してもいい？」

「んぅ……？　よくわかんないけど、いいよー」

許可ももらえたので、公式サイトのスクリーンショット掲示板に投稿しておこう。コメントは、私の妹は世界一、と。


夜。

なんか、コメントがたくさんついてるんだけど。お気に入りすごいことになってるんだけど。なにこれ。お前らみんなロリコンか何かなの？　バカなの？

いやでも、れんちゃんだからね！　さすが私の妹！　ふふん！

で、ちょっとだけ心惹かれる書き込みがあった。動画で見たい、だって。

ふむう……。まあ、私も、もっと自慢したい気持ちはあるけれど。どうしようかな。

このゲームは、とある大手の動画投稿サイトと提携していて、ゲーム内の様子を生配信できる。

このサービスを使えば本来の配信に必要な機器は必要ないので、いつもそれなりの人数が配信してる、らしい。私もたまに見てる。

それを使えば、私でも簡単に配信できるはず。配信をすれば、れんちゃんをもっと自慢できる。

それに、きっと、れんちゃんにとっても良いことだと思う。あの子はずっとあの病室にいるから、人と接することが少ないんだよね。どれだけの人が見てくれるかはまだ分からないけど、知らない人とお話しするのも悪くないと思う。

もしかすると、見てくれた人で、優しい人がいれば、れんちゃんの話し相手になってくれるかも。

同年代でゲームをできなくても、お手紙のやり取りとか、さ。期待しすぎかな？

家族以外との繋がりは、きっとれんちゃんに必要なものだ。そんな気がする。

でもれんちゃんの嫌がることをするつもりもないからね。だからとりあえず、れんちゃんに聞いてみようかな？

くりした。

「やる！」

配信の打診をしてみたところ、れんちゃんは即答だった。断られるだろうと思っていたからびっ
くりした。

「え、あの、いいの？」

「うん！　みんなに見てもらうんでしょ？　見てもらう！　自慢する！」

それを聞いて、妙に納得してしまった。血は繋がってないけど、私の妹だなあ、と。

つまりれんちゃんは、テイムしたラッキーとディア、それにたくさんの草原ウルフを自慢したいのだ。私が妹を自慢したいように、この子は友達を自慢したいのだ。

分かる。分かるよれんちゃん。その気持ち、とっても分かる！

今、ここに！　私とれんちゃんの利害は一致した！

「よし、じゃあれんちゃん。早速だけど、今日は配信してみよう！」

「うん！」

と、ここまでが病室でのやり取りなわけだ。

帰宅した私は早速ゲームマスターの山下さんに連絡した。するとすぐにゲーム内で会いたいと言

われたので、ログインして山下さんと会ってみた。

「正気ですか?」

大変失礼ではあるけど至極真っ当なお言葉でした。

「だ、だめですか?」

「だめ、とは言いませんけど……。佳蓮(かれん)さんがそれをやりたいと言っているなら、止めはしませんけど……」

なんとも不思議な表情。山下さんが何か悩んでいるのは分かるけど、それが何なのかは分からない。私が首を傾(かし)げていると、山下さんは少し考えながら口を開いた。

「佳蓮さんもやりたいのなら、こちらとしては構いません。お二人なら妙なことはしないと思いますし……。ですが、佳蓮さんのテイムモンスターを見せるのですよね?」

ラッキーとディアのことかな。それはもちろん出すことになる。むしろれんちゃんはあの子たちを自慢するのが目的みたいだし。かわいいからね、気持ちは分かるとも。

「必ず、心無い言葉をぶつけられます。これに関しては、断言します。それでも、大丈夫ですか?」

「あー……」

なるほど。ちょっと考えてなかったけど、当たり前だ。きっと、チートとかそんなことを疑う人も出てくると思う。罵詈雑言(ばりぞうごん)も、きっとある。

「そのことも、一度佳蓮さんに話してみてください。それでもやってみたいということでしたら、こちらでもできる限りのサポートはさせていただきます」

「すみません。ありがとうございます」

その後は色々と細かい部分を決めてから、時間になったのでれんちゃんに会いに行くことにした。


で、話した結果のれんちゃんの反応は。

「別にいいよ」

とってもあっさりしたものだった。これには私の方が予想外です。

「いいの？　私が言うのもなんだけど、やめた方がいいかもしれないよ」

「だいじょうぶ。いやならやめるよ！」

「あ、はい」

それもそうか、とも思う。れんちゃんの目的はこの子たちだものね。変な悪評が立ってパーティに入れなくなった、なんてことがあっても、関係ないのは確かだ。多分気にせずここでもふもふし続けてる気がする。

「それにね、そういう怒られるのも、いいかなって」

「れんちゃんが変態さんになった!?」

「おこるよ？」

「ごめんなさい」

いや、でもだって、そんな怒られるのもいいとか言われたら、いわゆるMな変態さんになったと疑うと私は思うのですよ。私だけですかそうですか。

「あのね、そうじゃなくて」

「うん」

「わたし、他の人を知らないから」

「あー……」

納得した。してしまった。

れんちゃんは病室から出ない。出られない。だから、れんちゃんの世界はあの部屋で完結してしまっている。れんちゃんにとって、他の人というのは、家族を除けば主治医のお兄さんと、れんちゃんのことをよく知る看護師さんの二人だけ。

もちろん検査とかで会う人もいるけど、稀(まれ)にしか会わない人はいないものと大差ないだろう。あの子にとっての他人は家族含めても五人しかいなくて、五人ともれんちゃんを叱るということがあまりない。れんちゃんが良い子だから叱る必要もないだけなんだけど。

だから、れんちゃんにとっては、人の悪意ですら珍しいものなんだと思う。見てみたい、と思うほどに。これればかりは、私には理解したくてもできない感覚だ。

けれど、うん。れんちゃんがそれでいいなら、やってみよう。

というわけで、配信準備です。まあ準備といっても、タイトルやコメントを考えるだけで、あとは自動的に設定してくれるんだけどね。

「ところでれんちゃん。さっきから、ラッキーが私をよじ登ろうとしてるんだけど」

「うん。かわいいね」

「いやかわいいけど」

さっきから、小さい足で私の足をのぼろうとしてるんだけど、まあ当たり前だけどうまくいってない。私が座ってるならともかく、立ってるし。だからなのか、前足でぺふぺふ叩(たた)かれてるだけになってる。

仕方ないので抱き上げてみる。何故(なぜ)かとっても嬉(うれ)しそう。

「れんちゃんれんちゃん。この子ちょうだい」

「は?」

「いやごめん。冗談だからそんなに怒らないで」

びっくりした！　れんちゃんのマジギレなんて初めて見たんだけど！　怖い！

幸いすぐに怒りは収まったみたいで、れんちゃんは私が呼び出していたシロをもふもふしてる。とりあえず、一安心。

ラッキーを頭に載せて、改めて準備だ。

えっと、とりあえずタイトルは、テイマー姉妹のもふもふ配信、でどうだろう?

午後七時前。カメラの役割になる光球がふわふわ浮かぶ。この光球が私たちを撮影して、皆さんにお届けする、らしい。淡い光の光球には小さい黒い点があって、これが向いている方向を撮影している、とのことだ。光球そのものは配信者である私を自動追尾して、思考を軽く読み取って私が撮りたいものを撮ってくれる。

で、その光球の上には大きめの真っ黒の板みたいなものがある。ここに、誰かが書き込んだコメントが流れてくる、という形だ。一応設定で、視界にそのまま表示されるようなこともできるらしいけど、私だけ見れても仕方ないからこの形式にした。

主役のれんちゃんは、ウルフたちと追いかけっこの真っ最中だ。まあ、うん。勝手に始めよう。

というわけで、七時になりましたので配信開始をぽちっとな！

わくわく、わくわく！

………………。

うん、まあ、初配信にいきなりコメントがつくわけが……。

『初見』

「なんかきた!?」

『ひでぇｗ』

「あ、ご、ごめんなさい。いや、正直なところ、誰も来ないと思ってました」

『大手のゲームの配信だから初放送でもそれなりに来る』

『もう結構来てるぞ』

『百人。一回目でこれなら十分では』

そんなばかかな。半信半疑で視聴者数を見て……、あれ？　どうやって見るんだっけ？

「すみません。視聴者数ってどうやって見るんですか？」

『うそだろｗｗｗ』

『コメントの右下にちっちゃく出てるぞ』

「ありがと！……おお、ほんとだ。百人こえてる」

言われて黒枠の右下を見てみると、視聴者数の欄があって人数が書かれていた。百二十人。十人いくかな、程度しか思ってなかったからびっくりだ。

「百人も、何するか明記されてない配信に……。暇なの？」

『辛辣ぅ！』

『ははははは。その言葉は俺にきく』

『まあなんだかんだと、やっぱりゲームは男の方が多いからな』

『女の子の配信、しかも姉妹、数が取れないわけがない』

「はあ……。そんなもんですか。退屈な配信だと思いますけど、ゆっくりしていってください」

『あいよー』

『ところでもふもふは？　もふもふは!?』

おっとそうだった。れんちゃんを捜すと、真っ先にディアが視界に入る。いやあ、さすがに大きいから一番目立つね。

『あれってエリアボスか？　てことはここは、ファトスのお隣？』

「あ、いえ。妹のホームです」

『待って。それって、エリアボスをテイムしたってこと？』

「ですよー。我が最愛の妹のテイムモンスターです。もふもふです」

そう言った瞬間、なんか大量のコメントが流れ始めた。やっぱりエリアボスがテイムされてるってのは衝撃的だったらしい。気持ちは分かる。とても分かる。

ディアは追いかけっこには参加せずにひなたぼっこをしているみたいなので、手招きしてみる。すぐに気が付いてくれて、こっちに来てくれた。のっしのっしと、貫禄（かんろく）がある。改めて見るとかっこいい。

『うわ本当にテイムしてやがる。情報！　情報はよ！』

『まてまて落ち着け。テイムしたのは妹さんだろ？　主に聞いても仕方ないだろ』

『そう言えば完全に流れてたけど、自己紹介してくれ』

なるほど自己紹介。そう言えばしてなかった。光球に向き直って、こほんと咳払（せきばら）い。わざとらしい、なんてコメントが流れたけど、私は気にしない！

「皆様初めまして。今日から配信を始めましたミレイです。この配信では妹がテイムしたもふもふをのんびり映していきます」

『戦闘とかは？』

「予定はないです。のんびりまったり配信です」

『把握』

よかった。戦闘しろ、とか言われたら面倒なところだった。

きょろきょろ見回す。この先はれんちゃんに聞かれたくないからね。視聴者さんたちが不思議そうにしているので、すぐに視線を戻した。

「というのが妹の方針です」

『ん？』

『おや？』

「私の目的はもふもふをもふもふする妹がとってもかわいいので自慢したいだけです。妹がとってもかわいいので。とっても！　かわいいので！　大事なことなので三回言った！」

『草』

『把握ｗｗｗ』

『シスコンかｗ』

「ああそうだよシスコンだよ文句あるかこの野郎！　れんちゃんかわいいからね、仕方ないね！」

『自分で言うなｗ』

『やべえ久しぶりにぶっ飛んだ配信者だｗ』

『で、その妹さんはどこ？　ミレイと同じ美人さん？』

『もしくは妄想の中の妹とか』

「ぶっ殺すぞ」

『ヒェ』

まったく。失礼な視聴者さんだ。いや、私も沸点低くなりすぎかな。どうにも、れんちゃんが絡むと怒りやすくなりがちだと思う。もう少しのんびりしていきましょう。

「妹はれんちゃん。美人というか、かわいいよ」

『どういうこと？』

「んー……。見れば分かる！」

というわけで、改めてれんちゃんを捜します。れんちゃんれんちゃんどこですか。いや、その前に側（そば）まで来てくれたディアの相手かな。

『でけえ』

『間近で見ると迫力あるな』

『紛（まご）うことなき初心者キラーだからな。調子に乗った初心者を絶望にたたき落とす』

「うんうん。私も苦労した。勝てるかあほ、とか思った」

『わかるｗ』

みんなが通る道だと思う。

そんなことよりれんちゃんを捜しましょう。

「ディア。れんちゃんを捜したいんだけど、乗せてもらってもいいかな？」

ディアは頷くと、私が乗りやすいように寝そべってくれた。なんてかわいい子なんだ。よしよし、のどをもふもふしてあげよう。ここ？　ここがいいの？　うりうり、かわいいやつめ。

『いや、妹さん捜せよｗ』

「は！　そうだった！」

ディアの頭を撫でて、その背に乗る。ディアがゆっくりと立ち上がった。おおう、見晴らしいいね。いい景色だ。

視聴者さんもあまり見ない光景に興奮してるみたい。まあ大きいウルフに乗るなんてみんな初めてだろうからね。

さてさてれんちゃんは、と……。追いかけっこはもう終わってるみたいで静かだ。でも、すぐに見つけることができた。草原ウルフが三匹集まっていて、その中心でもふもふしていた。

「見つけた！」

『え？　ちょっと待って、小さくない？』

『まてまて落ち着け、制限に引っかかる。ミレイさんよ、妹さんは何歳だ？』

「七歳。今年で八歳」

『アウトじゃねえか！』

『チートか!?』

「ほんっとうに失礼だね。説明してない私も悪いけど」

まあさすがに黙っておくわけにはいかないとは思ってる。こんなことでチートとか思われたくないし、早めに説明した方がいいかな。

ディアから下りて、もう一度撫でてかられんちゃんの元へと向かう。

「れんちゃんに関しては特例で許可をもらってるの。もちろん、行政にも届けてあるよ。なので、ちゃんと公認です。疑うのなら運営に問い合わせてもいいよ」

『はえー。なにそれずるい』

そう言われるのは分かっていたけど、実際に言われるとちょっとだけ頭にきてしまう。口を開こうとしたところで、

『本当にそう思うのか？』

そのコメントに、口を閉じた。

『どういうこと？』

『運営と行政が許可を出したってことは、それなりの理由があったってことだろ。間違い無く楽しい話じゃない』

ああ、それだけで察する人もいるのか。当然と言えば当然だけど、でも少し驚いた。気付いても、

何も言わないと思ってたし。

『ミレイさんさえよければ、是非とも説明をお願いしたい。今のもあくまで、ただの推測だし』

「うん。じゃあ、さくっと」

説明といっても、時間のかかるものじゃない。れんちゃんの元にたどり着くまでにさくっと説明してしまおう。

原因不明の過敏症で暗い病室から出られないこと、そんなれんちゃんのために特例でゲームの許可をもらえたことを説明する。反応は、半信半疑、かな。信じてくれる人もいれば、信じてくれてない人もいるみたいだ。

『いくらなんでも作り話だろ』

『そんな病気聞いたこともねえよ』

『いやお前ら、よく考えろよ』

『実際にこうしてログインできてるのが何よりの証拠だろこれ』

まあ、私としては、信じてもらえたら嬉しいけど、信じてもらえなくてもいいと思ってる。少しずつ、知っていってほしい、とは思うけど。

とか思ってたんだけど。

『運営に問い合わせしてきた。返信きた』

『まじかよ』

『仕事がはやい』

『で、なんて？』

『運営もここ、見てるらしい。ミレイ様がお話しになられた内容は全て事実です、とのこと。許可ももらったから、掲示板にメールの写真を掲載しておく』

え。いや、運営さん見てるの!?　さすがに無視はできなかったのかな。心配かけてしまってちょっと申し訳ないです。

『有能』

『てか本当にマジ話なのかこれ』

『大変そう、だなあ……』

一気に同情コメントが増えてびっくりだ。私としてはれんちゃんを自慢したいだけっていうのも事実だから、ちょっと反応に困る。

話している間に、れんちゃんの元にたどり着いた。れんちゃんは頭にラッキーを載せたまま草原ウルフに乗って頬ずりしていた。我が妹ながら大丈夫かいろいろと。

『おお、幼女だ』

『これは間違い無く、幼女！』

『幼女！　幼女！』

「へ、へんたいだー！」

『お前が言うな、シスコンw』

「さーせん」

否定できないので謝っておく。れんちゃんはかわいいからね。変態さんを大量生産しても致し方なし！　れんちゃんかわいいからね！

「れんちゃん」

「あ、おねえちゃん」

れんちゃんがこっちを見る。私の少し上を浮かぶ光球と流れるコメントを見て、首を傾げて。すぐに配信のことを思い出したのか、あ、という顔になった。

「お、おねえちゃん、もう始まってるの？」

「始まってるよ。れんちゃんがウルフにだらしない顔で頬ずりしていたのもばっちり撮ったよ」

「ええ!?　ひどい！　おねえちゃんのばか！　だいっきらい！」

「え」

あ、まって、そのことば、結構心にきちゃう。すごく痛い。心が痛い。

「れんちゃんに嫌われた……」

膝を突いて、がくりと落ち込む。するんじゃなかった……。

「あ、あ、おねえちゃん、ごめんね、ちがうの、きらいじゃないよ、だいすきだよ」

「本当に……？　許してくれる？」

「うん。怒ってない。おねえちゃん、だいすき」

「れんちゃんありがとうかわいいなあああ！」

「わぷ」

れんちゃんはなんて優しいんだ！　思わずぎゅっと抱きしめて頬ずりする。はあ、もちもちだ。ここまでリアルとか、すごいね運営。れんちゃんいい子！

『なるほど姉妹だ』

『てえてえ』

『てえｔ……いや違うだろｗ』

れんちゃんがもぞもぞ動いているので放してあげる。もう少しなでなでしたかったけど、うっとうしがられると泣きたくなるから。立ち直れないから。

「おねえちゃん、えと、カメラ？って、どれ？」

「それ。そのぼんやり光ってるやつ。ちなみに黒い穴がレンズみたいなもの、なのかな？　で、上の黒い部分がみんなのコメントね」

『れんちゃんこんちゃー』

『幼女！　幼女！』

『れんちゃんはれんちゃんでいいのかな？』

なんか変な人がまじってる気がするけど、まあネットゲームなんてそんなものだから。

れんちゃんを見ると、少し緊張しているみたいだったけど、丁寧に頭を下げた。

「はじめまして！　れんです！　えと、テイマー？　です！」

『えらい』

『挨拶できてえらい』

『ミレイとは全然違うな』

「はいはい挨拶忘れてすみませんでしたよ」

『ところでれんちゃん。その頭にのってるのって、もしかして……』

やっぱり気が付く人もいるか。れんちゃんは頭の上のラッキーを撫でて、言う。

「えと、私が初めてテイムした子です。ラッキーです。ラッキーウルフ、なんだって」

「察してる人もいるみたいだけど、あの逃げる小さいウルフね」

『マジかよあれテイムできたのか！』

『かわいい！　すごくかわいい！　もっと見せて！』

そのコメントに、れんちゃんがぱっと顔を輝かせた。ラッキーを持ち上げて、ずいっと光球に近づけて。さすがにそこまで近づけると、視聴者さんからはラッキーの顔、というかお腹(なか)しか見えてないんじゃないだろうか。

「この子はね！　すごくもふもふしてふわふわしてるの！　すっごく甘えてきてくれて、かわいくてかわいくて！　すごく、すっごく！　かわいい！」

『なるほど姉妹』

『れんちゃん落ち着いて落ち着いて。見えないから。お腹しか見えないから』

『お腹だけで分かる圧倒的ふわふわ感。しかし近いｗ』

「あ、ごめんなさい」

慌ててれんちゃんがラッキーを下げると、それはそれで不満なのか、もう少し、もうちょっと、というコメントが流れてきた。どっちなんだよ、と思わず呆れてしまう。れんちゃんも困惑してるみたいだ。

ネットゲームだからね。いろんな人の意見があるから、全部聞いていたらきりがない。

『すぐ逃げるのにどうやってテイムしたん？』

当然くるよね、その疑問。私は山下さんから答えを聞いてるけど、れんちゃんには話してない。というより、それ以前にれんちゃんはすぐに逃げられることすら知らないと思う。言ってないし。

「え？　逃げなかったよ？　近づいたら、こっちを見てたの。だからおねえちゃんからもらったエサをあげたの。手のひらにおいて近づいたら、ぺろぺろなめてね。すごくかわいかった！」

『なるほど、わからん』

『かわいさだけは伝わった』

『チートでもしたんじゃねえの？　もしくは運営のえこひいき』

そういう意見も出てくるだろうね。れんちゃんは意味が分からなかったのか首を傾げてる。仕方ない、代わりに答えよう。

「チートはない。なんなられんちゃんはずっと運営に見守られてるから、すぐにばれる」

『つまりそれって、仮に俺らが無理矢理聞き出そうとしたら……』

「アカウント停止、いわゆるＢＡＮじゃないかな？」

『ヒェ』

おっと、他の視聴者さんたちからも当たり前だろうが、馬鹿か、とすごく突っ込まれてる。仮にだから、と言い訳してるのが面白いけど、私としては助かった。わざわざ説明しなくて済んだからね。

「おねえちゃん、チートってなに？」

「あとで教えてあげる。とりあえずラッキーをもふもふしていなさい」

「はーい。もふもふふ……」

『なにこれかわいい』

『子犬も嫌がるどころかめっちゃ気持ち良さそう。なにこの癒やし空間』

『子犬ｗｗｗ　狼だからなｗ』

子犬と言いたいのはとても分かる。見た目子犬だからね、仕方ないね。

『チートはないとして、えこひいきの疑いはあるんじゃね？』

「んー……。それは私じゃ否定できないけど、ないと思うよ。一応、私は仕組みを聞いて納得したし。教えていいっていう許可をもらってないから、内緒だけど」

『仕組みがあるってことは、やろうと思えば俺たちもできるのか』

『すっごい気になる』

「内緒だよー。ちなみに誰でもできる可能性はあるけど、少なくとも私には無理だ」

テイムしたい、という考えですら敵意判定を受けるなら、一般プレイヤーはほとんどが難しいのではなかろうか。れんちゃんみたいに、ただただ純粋に仲良くなりたいとか思えないよ。

「私はいつの間に、こんなに心が汚れてしまったんだろう……」

『急にどうしたw』

『哲学だな……。結論、生まれた時から』

「うん。れんちゃんと比べたら私は生まれた時から汚いね」

『だめだこいつ、はやくなんとか……、手遅れか』

『草』

ほっとけ。

「でもちょっとした特別扱いは感じてるよ。いろんな表記の違いとか。例えばステータス表記だけとっても、私たちはＳＴＲだけど、れんちゃんはちから、だし」

『小学生にも分かりやすく、かな』

『わざわざれんちゃんのためだけに変更入れたのか』

『優しい』

「あとは、びっくりしたのはテイムした時。みんなならテイムに成功しました、だろうけど、れんちゃんの場合は友達になりました、らしいから」

『なにそれかわいいw』

『運営いい仕事してるなw』

『確かにえこひいきだけど、それなら許せる』

うん。まあシステム的には優遇されてるわけじゃないしね。それでもこれがあるなら優遇も、なんて思われるかもしれないけど、それならもう勝手にそう思えばいいと思う。

『ところでミレイさんや。一つ聞きたいことがあるんだがね』

「はいはい。なにかな?」

『なんでミレイもれんちゃんも初期装備なの？　着飾らせてあげなよ』

「あー……」

痛いところを突かれてしまった。

いや、ね。私も最初は考えたんだよ。配信するんだし、いい服を買ってあげようかなって。でもれんちゃんが服にまったく頓着しないんだよね……。毎日同じ服だから仕方ないのかもしれないけど。

れんちゃんが初期装備なら私もそれに合わせよう、ということでこうなってる。

「せめて時間があれば、買っておいても良かったのかも」

『時間とは？』

「一昨日れんちゃんがこのゲームを始めて、昨日もふもふするれんちゃんがかわいくてスクリーンショットを投稿して、もっと自慢したくなって、今日配信してます」

『行動力の化身ｗ』

『まさかの三日目ｗ』

『何よりもたった二日しかないのに小さいウルフとエリアボスをテイムしてるって、どんなプレイスタイルだよｗ』

「あ、ちなみにその二匹をテイムしたのは初日です」

『ええ……』

『草も生えないｗ』

『生えてるじゃねえか』

ふむう。服。服か。でも私もあまりゲーム内の衣装に詳しいわけじゃないんだよね。

「明日あたり、れんちゃんと一緒にセカンにでも行ってみようかな」

『服を買いに？』

「うん。生産者さんが作った服もあるだろうし。まあ、予算は少ないけど……」

私は基本は戦闘スキルメインだったけど、のんびりスタイルだったからお金はたくさん持ってるわけじゃない。それでも、服ぐらいなら買えるかも。

「ちなみに参考程度に聞きますが、一番高い服はおいくらで？」

『M単位。つまり百万G（ゴールド）以上』

「無理」

『知ってた』

『普通は無理だわなあ』

『安心しろ、何かしらエンチャントされたようなものがその値段だから』

服や鎧（よろい）に特殊な魔法効果をつけるものがエンチャントだ。なるほどそんな効果があるのなら、高くなるのも頷ける。さすがに買おうとは思えないけど。

ちなみにゴールドがこのゲームのお金の単位だ。ありきたりだけど、分かりやすい。店売りのHP回復のポーションが一つ百G（ゴールド）と言えば、百万G（ゴールド）がいかに高いか分かると思う。

「それじゃ、明日はれんちゃんと一緒に行こうかな。れんちゃんれんちゃん」

「もふもふもふ……。もふ？」

「いやいつまでもふってるの!?　心なしかラッキーがぐったりしてないかな!?」

いつの間にか、気持ち良さそうな顔をしていたラッキーが疲れたような顔になってる。それはそれでかわいいけど、もふり過ぎではなかろうか。

「れんちゃん。明日は買い物に行こっか。服を買いに行こう」

「服？　これでいいよ？」

ラッキーを頭に載せたれんちゃんはとても不思議そう。視聴者さんも困惑を隠せないようで、どうして、なんて言葉が並んでいる。れんちゃんはこういう子なのです。

「私がかわいい服を着たれんちゃんを見たいの。だめかな？」

「んー……。よく分からないけど、いいよ」

とりあえず許可をもぎ取りました。一安心だ。

「ありがとう。お礼に、お買い物が終わったらテイマーズギルドの放牧地に行こうね。他のテイマーさんのモンスターと触れ合えるよ」

「行く！　行きたい！」

れんちゃんの瞳が輝く。素直なのはいいことだけど、服より動物っていうのは本当にれんちゃんらしい。

「じゃあ明日は買い物だね。明日も同じ時間に配信するからね」

後半は視聴者さんたちに向けたものだ。私が終わろうとしていることに気が付いたみたいで、でも特に引き留められることもなく、配信を終えることができそうだ。

「それじゃあ、そろそろ終わるよ。れんちゃん挨拶」

「はーい。ばいばーい」

『かわいい』

『おやすみー』

『ばいばい』

メニューを開いて、配信を終了させる。そこまでやってから、視聴者数を見てなかったことに気が付いた。それを見て、思わず絶句してしまった。

「おねえちゃん？」

「い、いや、なんでもないよ」

さすがに視聴者数が千人超えはびっくりだよ……。大丈夫かこの国。


配信を終えた後は、ディアにもたれてのんびり過ごす。れんちゃんはお腹にラッキーを載せて、もふもふに挟まれて幸せそうだ。

「配信はどうだった？」

「んー……。自慢したりない……」

それはまあ、確かに。れんちゃんは結局もふもふし続けてただけだしね。でもかわいかったので、私は満足です。

「おねえちゃん」

「ん？」

「お金、大丈夫？」

それはどっちの意味だろうか。リアルなのか、ゲームなのか。どっちも、だろうなぁ。

「大丈夫大丈夫。れんちゃんは気にしなくていいからね。もっともっと遊びましょう」

そう言って、れんちゃんを撫でてあげる。するとれんちゃんは気持ち良さそうに目を細める。

やっぱり私の妹は世界一かわいい。

配信二回目 『れんちゃんとセカンに行くよ』

学校の休み時間。私はスマホでＡＷＯ（アナザーワールドオンライン）の服について調べていた。調べてみると、出るわ出るわたくさんの種類に生産者。ゲーム内でＮＰＣから買えるものだけでもかなりの数があるというのに、それ以上に裁縫スキルで作られた服が多いこと多いこと。有名なＲＰＧのコスプレ衣装もあれば、何故（なぜ）か十二単（じゅうにひとえ）なんてものまであるみたい。十二単って誰が着るんだ。

ちなみに十二単を作った生産者はアリスって人らしい。すごいとは思うけど、物好きだね。

そんな私の目の前の席に、誰かが座った。視線を上げてみれば、小学生の頃からの腐れ縁、青野（あおの）菫（すみれ）だ。趣味とか全然違うのに、何故か妙に気が合う。少し、不思議な相手。

「未来（みく）。何見てるの？」

菫が私のスマホをのぞき込んでくる。すると、何故か驚いたみたいで少し目を丸くした。

「へえ。未来が服に興味持つなんて珍しいわね。どこのブランド？」

「いやいや。ゲームのやつだよ。れんちゃんに何か買ってあげたいなって」

「あ、そうなんだ。一緒に買いに行こうかなと思ったのに」

「あはは……。また今度ね……」

そう言えば、菫と一緒に買い物したのって、最後はいつだったかな。軽く一年以上前だったような気がする。

　恐る恐る顔を上げてみると、案の定、菫は冷たくこっちを見つめていた。

「その今度は、いつになるんでしょうね？」

「い、いや、あはははは……」

　これは微妙に怒ってる。怒ってるというか、拗ねられてる。

　これは私が悪いかな……。何度も誘ってもらってるのに、れんちゃんを理由にして断ってるから。

れんちゃんからも優先しすぎないでって怒られることがあるし、気をつけよう。

「じゃあ、次の日曜日のお昼あたりでどうかな……？」

「ん……。まあ、いいわそれで。面白そうな映画があるの。一緒に行きましょ」

「わーい。菫とデートだー」

　そんなことを言ってみる。この子は照れた反応がかわいいから。なんて思ってたのに、菫はなんだか微妙な表情になっていた。

「え、な、なに？」

「ん……。未来のその発言のせいで、たまに私にレズ疑惑かかってること、知ってる？」

「え、嘘。マジで？」

「マジよ。ちょっと気をつけなさい。彼氏に、レズかと思ってた、て言われた私の心境、考えてみて」

考えた。地獄である。うん。なんか、ほんとうにごめん。

「でもさすがにそれは予想できないよ……」

「ええ、そうね。だから怒ってはないから。ちょっと、へこんだだけでね……」

「いや、うん。ごめんね？」

少し言動に気をつけようと思いました。まる。


さてさて。やってきました生産者の楽園、セカン！　石造りの建物が並ぶ街だ。街を十字に切るように延びる大きな道が印象的で、服飾の区画や鍛冶の区画など、それぞれのスキルで場所が区切られてる。道も白い石で舗装されていて、とっても綺麗(きれい)な街並みだ。

十字の道の交差点、つまり街の中央には一番大きな建物である商業ギルドがある。道に迷った場合はとりあえずここで聞けば、目的地までの詳しい行き方を教えてもらえる。

ちなみに、大通りから外れるとかなり入り組んだ構造になっていて、地図がなければ慣れた人でも迷うと思う。街の地図はメニューからいつでも見ることができるから、それほど問題はないけども。ちなみに地図のことを忘れて迷う人もいるらしいよ。私のことだけど。

そしてそして。なによりも！　人が多い！　すっごく多い！　あまりの人の多さに口をあんぐり開けて放心してるれんちゃんがとってもかわいい！　とりあえずスクリーンショットを。

ファトス、セカン、サズの三つの街は、それぞれの街の入口にある転移石というもので簡単に行き来ができるようになっている。転移石はぷかぷか浮かぶ大きな青い石。触れると街の名前が書かれたメニューが出て、それをタッチするとその街の転移石の側に転移するという仕組みだ。

それを使ってれんちゃんと一緒にセカンに来たわけだけど、いやあ人が多いのなんの。私は何度も来たことがあって知ってるからそんなに驚かないけど、れんちゃんはもう驚きっぱなしで、さらには頭のラッキーもぽかんとしていて、その様子もかわいい。写真写真。

「人が、すごくたくさん……。おねえちゃん、みんなプレイヤーさんなの？」

「一部NPCもいるけど、ほとんどプレイヤーだよ」

「人って、こんなにたくさんいるんだ……」

やめて。なんか、こう、聞いてて辛い……。

れんちゃんの手を握って、どんどん歩く。れんちゃんははぐれまいと私の腕にしがみついてる。ぎゅっと。ぎゅうっと。かわいいけど、ちょっとだけ震えてるのが少し気になる。

そんなれんちゃんは、少し注目を浴びていた。単純に幼いプレイヤーに驚いている人もいるけど、配信がどうのと漏れ聞こえてくる声もある。昨日見てくれた人もいるんだろう。まあこれだけ人がいるんだから、いてもおかしくはない。

「おねえちゃん、どこに向かってるの？」

「中央にある商業ギルドだよ」

プレイヤーは商業ギルドでお金を払って許可証を買うことで、この街の大きな道に露店を出すことができる。買い手側のプレイヤーはそれぞれの露店を巡って欲しいものや掘り出し物を探すわけだ。

なんて、ちょっと面倒くさいのは雰囲気を楽しみたい人向け。実際には商業ギルドでカタログをもらうことができる。随時更新されるカタログで、欲しいものがあればそのページを叩いて、出てきたメニューで購入を選べばいい。すると手持ちのお金が減って、自動的にインベントリに追加される。

カタログの利点としては、カタログさえ手元にあれば街のどこにいても購入できること。ただし街から出ると使えない。

露店の利点は、値段交渉を行えること。露店を出す人、巡る人はそれもまた楽しみの一つらしいので、遠慮しちゃだめなんだそうだ。値段交渉が嫌なら露店だけ出して、店番のＮＰＣを雇ってまた生産に勤しむらしい。

私たちはこれからカタログをもらって、それを見ながら露店を巡ることになる。まあ、その、あれだよ。手持ちがね、ちょっと、厳しいからね……。はははは……。

「れんちゃんはどんな服がいい？」

「なんでもいいよ」

「一番困るやつ……」

れんちゃんの場合、そもそもとして服に興味がないから余計に困る。むむう……。

とりあえず商業ギルドに入る。大きな酒場みたいな雰囲気。カウンターにはカタログが山のように積まれていた。一冊もらって、すぐに出る。さてさて、服のページは、と……。

「うぐ……」

「おねえちゃん？」

「い、いや、なんでもないよ……」

高い。どれもこれも、高い。いや、まあ、服が作れるようになるのって、裁縫スキルでも結構上らしいから、仕方ないのかもしれないけど。それにしても、高い。

最低十万G（ゴールド）。高いものだと、まさかの一千万G（ゴールド）。まあこれは、バトルジャンキーも納得の性能だからだろうけど。私たちには無用の長物だ。

「あ」

ぱらぱらめくっていると、れんちゃんが小さな声を上げた。何か欲しいもののページがあったのかなと思ったけど、れんちゃんの視線は別のところへ向かっていた。

れんちゃんが見ている方を見ると、そこにあった露店はテイマーが使うものが並べられた露店だった。なんというか、れんちゃんらしい。

「行ってみる？」

「うん！」

れんちゃんと一緒に、その露店へ向かう。

露店は大きな敷物に商品を並べる形になる。あとは、自前で大きめの板を用意して、そこに商品をつり下げるみたいなやり方もある。服とかはそっちになるかな。

れんちゃんが見ていたのは、ちょっと小さめのブラシだ。高級ブラシ、なんて書かれてる。お値段驚きの十万G。

れんちゃんが私を見て、すぐに表情を曇らせた。むう、高いと思ったのが顔に出ていたらしい。

買えないことはない、けど……。手持ちは、三十万しかない。ここで十万使うと、さすがにちょっと厳しいかも……。

「あれ？　私のお店に用？」

そんな声が聞こえて振り返ると、青を基調にした袴を着た女の子がいた。見た目は私と同い年か、少し上ぐらいかな？　ショートポニーにしている髪はブロンドで、瞳は青っぽい。にこにこ快活そうな笑顔だ。

「女の子だし、もしかして服を買いに来たりした？　ごめんね、今日は片手間にやってるテイマーの道具なんだ。どうせ作るならって売り物用に二つずつ作ってね。それで販売中」

「そうなんですか」

「うんうん。見たところ、初心者さんだよね？　テイマーさんなのかな？　ここのは趣味用のアイテムだから、正直初心者さんにはお勧めしないよ、やめた方がいいよ」

なんというか、露店を出していてそれってていいんだろうか。いや、私が気にすることじゃないのは分かってるけどさ。買わない方がいい、と言われるとは思わなかったよ。

ちら、とれんちゃんを見ると、相変わらずブラシに釘付けだった。

うん。うん。まあ、なんだ。服なんて私の押しつけみたいなものだし。れんちゃんが本当に欲しいものを買うべきじゃないかな。うん。

想像するんだ私。ブラシを持って、もふもふをもふもふする妹を。……天国かな？

「この高級ブラシをください」

「いや、ええ……。人の話聞いてた？　初心者さんには十万は安くないでしょ。その、あれだよ、値引き交渉とか、してもいいよ？」

「人にプレゼントするものを値引きなんてできるか！」

「あ、はい。かっこいいけどなんか違う……」

店主さんにお金を渡して、高級ブラシをもらう。それをはい、とれんちゃんに渡した。

「え……。いいの……？」

「いいのいいの。服なんてまた今度買えばいいの。その代わりそれでたくさんもふもふするのだ。配信するから」

「うん！」

にぱっと笑うれんちゃん。天使かな？

思わず頬を緩めていると、店主さんの小さな声が聞こえてきた。

「うそ……」

「んー？　どうかした？」

「その子、ＮＰＣじゃないの!?　プレイヤー!?」

「ああ、うん。私の妹。プレイヤーだよ」

そう言って、れんちゃんを前に出そうとしたんだけど、店主さんを見たれんちゃんは目を丸くして、私の陰に隠れてしまった。あ、店主さんが微妙にショックを受けた表情をしてる。

もしかして。もしかしてだけど。れんちゃんって、人見知りするのかな……？　そう考えると、テイマーズギルドやこの街に来た時の反応も分かる気がする。よくよく考えると病室での生活は限られた人にしか会わないし、初対面の人だと緊張するのかも。配信の時は平気そうだったけど、あれは顔を直接見てないから、かな……？

私の服をきゅっと掴んで上目遣いに見つめてくるれんちゃんは、それはそれでとてもかわいいのだけど、できれば少しずつ克服してほしい。せっかくのゲームだから、気が合いそうな人とは友達になってほしいから。

「れんちゃん。大丈夫だよ。私が側にいるからね」

れんちゃんを撫でてあげると、れんちゃんは小さく頷いて前に出てきた。

「れんです！」

ぴっと右手を挙げて元気な挨拶。何故かラッキーも右前足を挙げてわん、と挨拶。なんだろうこ

のダブルパンチは。写真！　スクリーンショット！　たっぷり保存だ！

「ああ、ちなみに、れんちゃんのプレイの許可はちゃんともらってるからね」

配信でも言われたしね。先に言っておいた方がいいでしょう。

とりあえず告げておくと、店主さんはぷるぷる体を震わせていた。なんだ？

「君！　君が保護者なの!?」

「え、あ、はい。そう、です、けど……」

「名前は!?」

「ミレイです」

「フレンド登録しよう！」

「はい」

は！　しまった！　なんかちょっと怖くて流れに任せすぎた！

気付けばフレンドリストに名前が登録されました。新規マークで、アリス。

なんか、どこかで聞き覚えがあるような、ないような……。

「ミレイちゃん！　お願いがあるんだけど！」

「えっと。はい。なに？」

「この子の服作らせて！　お金も素材もいらないから！　ミレイちゃんの服も作るから！　ね!?　ね!?　いいでしょ!?」

なんだこの人怖い!?　なんでこんなにぐいぐい来るの!?

「だめ？　だめかな？　じゃ、じゃあ、月に一回ぐらい、タダで作ってあげる！　どう!?」

「いや、あの……。有り難いけど、なんで……？」

正直怪しさしかない。断りたい気持ちにものすごく傾いてる。れんちゃんなんかいつの間にか私の後ろに隠れて顔を半分だけ出すという謎の警戒の仕方。……写真。

私の問いに、アリスさんは勢いを止めると、目を逸らしてふっと笑った。

「今は知り合いの依頼だけ受けてるんだけどね。ほとんどの依頼が、男物なんだよね……。女の子の知り合いもいるけど、バトルジャンキーでかわいさよりも実用性一辺倒なんだよね……。たまに思うわけですよ。私、せっかくのゲームでなにやってるんだろうって」

「うわあ……」

思わず出た声がれんちゃんと重なった。漂う哀愁。とても哀れだ。

でも少し仕方ないと思う。昔よりはハードルが低くなったとはいえ、やっぱりゲームは男性の方が人数が多い。リアルな動物がかわいい、という評判で女性プレイヤーが比較的多いと言われてるこのゲームですら、女性プレイヤーは全体の三割ほどらしいし。

「それにこの子ちっちゃくてかわいいし！　この子に着てもらえるなら、喜んで作るよ！　たくさん作るよ！　だから、お願いします！」

ぺこり、と頭を下げてくるアリスさん。えと、どうしよう……。

ちらりとれんちゃんを振り返れば、れんちゃんはじっとアリスさんを見つめていて、そしておもむろにラッキーを突き出した。なんだ？

「え、なに？」

アリスさんもちょっと困惑していたけど、

「わふ」

ラッキーが鳴くと大きく目を見開いた。どうやらテイムモンスターとは思っていなかったみたいだ。ぬいぐるみだとでも思ったのかな。

「かわいい！」

アリスさんがおそるおそるラッキーを受け取って、もふもふする。おお、すごい。なんか、顔がふにゃふにゃだ。ラッキーもされるがまま、だけどれんちゃんの時とは違って微妙に表情が硬い気もする。仕方なく触らせているような、そんな感じ。

「おねえちゃん」

「ん？」

「お願いしてもいいと思う」

「ふむ。理由は？」

「もふもふ好きに悪い人はいないから！」

なんともれんちゃんらしい理由だ。でもまあ、れんちゃんがそう判断したのなら、れんちゃんに従おう。何か問題が起こったら、それこそどうにかするし、どうにかしてもらうさ。お姉ちゃんらしく頑張ります。

「えと、アリスさん」

「ふへ、かわいい……。あ、はい。あ、呼び捨てでいいよ。年も近そうだし」

アリスさん、じゃなくて、アリスがラッキーをれんちゃんに返しながらそう言う。少しだけ名残惜しそうなのは見なかったことにしておこう。

「それじゃあ、お願いしてもいい？　手持ちは、あまりないけど……」

「や、お金はほんとにいいってば。作らせてもらって着てもらうだけで満足です。んふふー」

本当に大丈夫かな。不安になってくるんだけど。

「じゃあ、早速だけど、希望はある？　鍛冶もできるから、鎧(よろい)とかでも作れるよ」

「鍛冶も？　手広くやってるんだね」

「どっちも楽しかったからね。私が作ったものを喜んでくれて、使ってくれてるのを見たら、私もすごく嬉(うれ)しくなるよ」

「なるほどなあ……」

正直、縁遠い世界と思ってたから、生産者視点の話はちょっと新鮮だ。今度ゆっくりと聞いてみたい。今はれんちゃんがいるからね。ブラシを持ってそわそわしてるれんちゃんが。

「希望……。どうしよう、思い浮かばない……」

「そう？　ミレイちゃんは見たところ、剣士さん？」

「テイマー兼剣士かな？」

「そっか。じゃあ、動きやすい軽鎧とか、どう？」

ちら、とアリスがれんちゃんを見る。私も見る。ラッキーのお腹に顔をくっつけてた。何してるの……？

見なかったことにして、アリスに視線を戻す。アリスは笑いを堪えながら、続ける。

「れんちゃんを守る身軽な剣士、とか」

「それでよろしく！」

「あ、うん……。ミレイちゃんがなんとなく分かってきたよ」

それは良かった。苦笑いがちょっと気になるけども。

「れんちゃんは？　服の希望はあるかな？」

「んぅ……。もふもふ」

「うん……。うん!?」

アリスの表情が面白い。一度なるほどみたいに頷いて、すぐに目を剝いた。まあ、正直意味が分からないよね。服のもふもふ。着ぐるみか何かかな？

「アリス。もふもふしやすい服、だと思う」

「な、なるほど……。漠然としてるけど、よし分かった。考えてみる」

「ちなみに私はれんちゃんにはかわいくなってほしいです」

「難易度上げてくるのやめてくれない？」

アリスはそう言うけど、そのつもりだったけど、という声は聞き逃さなかった。私も、何となくアリスのことが分かってきたよ。任せていいと思えてきた。

「あ、そうだ。ちなみに、配信で作ってもらった服を着るのは大丈夫？」

「うん？　配信してるの？　いいよいいよ。私も宣伝になるからね！」

「あはは。ありがと。それじゃあ、その時は使わせてもらうね」

「うん！」

ぐっと握手。いきなり声をかけられた時はどうなるかと思ったけど、なかなかいい縁かもしれない。これもれんちゃんの、ラッキーウルフの幸運パワーかな！　いやさすがに関係ないだろうけど。

「それじゃあ、そうだね……。三日ほど時間ちょうだい。かわいいもの作ってくるからね！」

アリスはそう言うと、善は急げとばかりに行ってしまった。そんなに急がなくてもいいけど、本人がとても楽しそうだし何も言わないでおこう。

「とりあえずれんちゃん。今日はそろそろ帰ろっか。そのブラシも早く使いたいでしょ？」

「うん！」

力強い返事。やっぱりれんちゃんにとっては服よりもブラシか。まあ、れんちゃんだしね。

その後は軽く露店を見て回る程度にして、さっさとファトスに戻ってきた。

『お、はじまた』

『れんちゃーん！……あれ？』

『誰もいないぞ？』

『なんだ、設定ミスか？』

『いやまて、映像動いてる』

『てことは見えないだけで、ミレイはいると』

『れんちゃんいた！　かわええ！』

『おお、草原のど真ん中でブラシで撫で回すとか、かわいすぎかよ』

『ブラッシングするれんちゃんもされる子犬もかわええ』

さてさて、そんなわけで配信のお時間です。今日はちょっと趣向を変えてれんちゃんスタート。ラッキーが仰向け（あおむ）けに寝ていて、れんちゃんがそのお腹をブラッシングしてる。うんうん。

「私の妹がかわいすぎる……！」

『ミレイｗｗｗ』

『いつも通りで安心するわｗ』

『さすがミレイさん、そこにしびれないし憧れない！』

「うるさいよ！」

まったく、君らこそいつも通りだねほんとに。

光球の前に立って、ぺこりと頭を下げる。軽く挨拶程度に。

「ども。ミレイです。れんちゃんがかわいいです」

『知ってる』

『ところで、なんでブラシ？　いや、かわいいけど』

『服を見に行くんじゃなかったのかw』

早速痛いところをつかれた。私もそのつもりではあったんだけどね。やっぱり、れんちゃんが気に入ったブラシが最優先かなって。

「あ、でも、服は作ってもらえることになったよ。奇妙な縁に恵まれたというかなんというか……。れんちゃんが夢中で使ってるブラシを買ったら、服も作ってもらえることになりました」

『どういうことなの』

『まるで意味がわからんぞ』

「大丈夫だ、私も分からない」

いやはや、自分で言って改めて思う。脈絡も何もないな、と。でも本当に、そうとしか言えないのだ。それに、きっとこれはとってもいい出会いだったと思う。

「でもちょっと変態さんだったかもしれない……」

『ミレイからそんな言葉を聞くとは』

『ミレイが言うってよっぽどじゃないかｗ』

『れんちゃんは！　れんちゃんは無事ですか！』

「君らは私をなんだと思ってるのかな？」

ほんっとうに失礼だなこいつら！

「三日ほど待ってね、てことだったから、もうしばらくはこのままです。せっかく作ってもらうのに、別の服を買うのも何か違うかなって思うしね」

『まあそうだな』

『さすがにちょっともったいないな』

私がもうちょっとお金持ちだったら良かったんだけどね。金策してたわけでもなかったから、それなりにしか持ってなかった。ちょっとだけ、後悔。

『ところでミレイ様、そろそろれんちゃんをですね……』

『もうちょっと近くで見たいなと……』

「はいはい。分かってるよ」

主役はれんちゃんだからね。そろそろ呼ぼう。

れんちゃんを呼ぶ。聞こえなかったのか無視された。もう一度呼ぶ。やっぱり反応なし。嫌われてるのかなと思っちゃう。単純に気付いてないだけって知ってるんだけどさ。

今度は近づいて、れんちゃんのほっぺたをつつく。ぷにぷに。

「んむ……。なあに、おねえちゃん」

「配信中だぜぃ」

「え!?」

ぐるんと振り返って私を見て、光球を見て、慌てて立ち上がった。

「あ、えと、こんにちは！」

『こんにちは』

『挨拶できてえらい』

『どこかの無言開始の誰かさんとは全然違う』

うるさいよ。

『れんちゃん、かっこいいブラシだね！』

『かっこいいブラシとか』

『そこ黙れ』

れんちゃんは、かっこいいのところだけ見たみたいだね。目を輝かせて、ブラシを突き出した。

「おねえちゃんに買ってもらったの！」

『すごい満面の笑みｗ』

『見てるこっちがにやけるわこれｗ』

『使い心地はどうかな？』

ん……？　これ、もしかして最後のやつ、アリスかな？　いや、まさか、ね？

「なでやすいよ。ラッキーも気持ち良さそうなの」

れんちゃんがラッキーを持ち上げる。ラッキーはすごく気持ち良さそうに眠ってた。なにこれすごくかわいい。すぴすぴしてる。

『やばいなんだこの殺人毛玉』

『幸せそうで何よりです』

『テイマーの俺なら分かる。すごくいいブラシだ』

『品質のいいブラシを作れるのって誰かいたっけ？　真っ先に思い浮かぶのはアリスだけど』

「ああ、うん。知ってるの？　そうだよ、アリスのお店で買ったよ」

『　　』

『　　』

『　　』

「な、なに!?」

急に空白を大量に送りつけてくるのやめてほしいんだけど！　怖い！

『ああ、そっか、そう言えばアリスってテイムも少しやってたな……』

『戦闘メインのプレイヤーには有名だけど、それ以外だとそんなに知られてないのか……』

『商人ロールとかやってたら噂ぐらい聞くだろうけど、ファトスではまず聞かない名前だろうしなあ』

　あれ、やっぱりアリスって結構な有名人？　なんとなーく、少しだけ聞き覚えがあるような気がしたけど、気のせいじゃなかったのかな。

「アリスさんはね、面白いおねえちゃんだったよ！」

『照れる』

『本人いるのかよ!?』

「でもちょっと怖い人でもあったよ」

『へこむ……』

『草』

　まあ、すごい勢いだったからね。正直私ですら若干引いちゃったぐらいには。でもまあ、悪い子ではないっていうのは、今なら私も何となく分かるけど。

「アリスって有名なの？」

『少なくとも戦闘メインの攻略プレイヤーなら誰でも知ってる』

『鍛冶と裁縫スキルをカンストさせた頭のおかしい生産者』

『どっちか一つだけならそれなりにいるけど、両方カンストはアリスが唯一』

「え、うそ、本当にすごい……」

　スキルにはランクがあるんだけど、このランクを上げると、戦闘スキルならダメージが増えたり、生産スキルなら成功確率や品質が上がったりする。ランクの上げ方は決められたクエストを達成して、レベルアップでもらえるポイントを振ることで上げることができるよ。

　このクエストが問題で、途中までは簡単なんだけど、最後の方がかなり鬼畜な内容だともっぱらの噂。あまりに鬼畜すぎて、諦めて他のスキルを上げ始めたり、カンストさせたはいいけど他のものを上げる気が失せたりと、なかなかすごい話も聞いてる。

　そんな生産スキルを二つも上げるなんて、アリス……！

「すごい変態……！」

『ミレイちゃん!?』

『草』

『よく考えなくてもマゾにしか思えないからなｗｗｗ』

　スキルレベルが高いほど色々とできるようになるらしいから、高ければ高いほどいいっていうのは分かるけど……分かるけど……！

「れんちゃんれんちゃん。アリスは変態さんだからね、気をつけるんだよ」

『ちょお!?　何吹き込んでるの!?』

　きょとり、と首を傾げて。

「つまりおねえちゃんと同じってこと？」

「え、はい？　ええ!?」

『あっはっは！　ざまあ！』

『なんだこの低レベルな争いｗ』

『もうめちゃくちゃだよｗ』

うん。よし。これ以上は私にもダメージ来そうだからやめよう。れんちゃんの私に対する評価をこれ以上聞くと、いろいろと取り返しがつかない気がする……！

「アリス。仲直りしよう」

『そうだねミレイちゃん。私たちは親友だよ……！』

『なんだこの、なんだこの……茶番……』

『俺たちは一体何を見せられているんだ……？』

「んん！　ともかく、アリスが有名ってことは分かった。ありがたやありがたや……。ところでアリスの服ってまともに買うとどれぐらい？」

『ピンキリだけど、平均百万こえるはず』

「うへあ」

なんか、すごい桁違いのお金が……！　てことは、作ってもらう服も当然そのぐらいに……!?

な、なんだか本当にすごい人にお願いしちゃったみたい……？

『それにしても羨ましい。依頼を引き受けることすら稀だって聞くのに、どうしてまた』

『いや、だって君らの依頼、男物とかごつい装備とか実用一辺倒でしょ。私はかわいい子にかわいい服を作りたいの。れんちゃんに作ってあげたいの』

『あ、はい……』

『ぐうの音も出ない……。すんません……』

依頼してた人もいるのか。あれ、ということは、そんな人たちもこの配信を見てくれてるってことかな。攻略情報なんて何もないけど、いいのかな……？

「おわりー！」

「ん？」

いつの間にか、れんちゃんはラッキーのブラッシングを再開していた。ラッキー、とってもご満悦。なんだこのかわいい生き物。好き。

そして次にれんちゃんはディアの方へと駆けていく。主役はれんちゃんだし、私も追いかけよう。

「あ、そうそう。アリス。ブラシありがとう。れんちゃんすごく気に入って、今日放牧地に行く予定だったのに、ブラッシングで一日終わりそうだよ」

『気に入ってくれて私も嬉しいよ！』

『そんな!?　そろそろ来るんじゃないかと、ファトスの放牧地で待機してたのに！』

『草』

『ウルフが順番待ちしてるのがすごくシュールだ。お前ら狼だろｗ』

「それは私も思った」

そんな様子もかわいいんだけどね。もうほとんど犬みたいなものだ。草原ウルフたちがブラッシングの順番待ちをしているのを見ると、なんかもうすっごくほっこりしちゃう。

いや、ちょっと待って。ねえ待って。草原ウルフの中に見慣れた白いウルフがまじっているんですが。どう見ても私の相棒なのですが。ええ……。

「私のテイムモンスターが、順番待ちにまざってる……」

『誰だってかわいい幼女の方がいいからね、仕方ないね』

『テイムモンスターに裏切られるテイマーがいるってマ？』

「うるさいよ」

ちょっぴり寂しいけど、まあ、いいか。れんちゃんもシロのことは気に入ってるみたいだしね。

「ディアー。背中ブラッシングするよ！　のせてー！」

丸まっていたディアが欠伸(あくび)をして、尻尾でれんちゃんを絡め取った。きゃー、と楽しそうな声を上げるれんちゃんを持ち上げて、器用に背中に乗せる。すごい、あんなことできたのか。

そのままれんちゃんはブラッシングを再開したみたいだけど、ここからじゃよく見えない。

「ふむ。れんちゃんが見えなくなったし、配信はここまでかな」

『そんな!?』

『もっと！　もっと癒やしをください！　ラッキー見たい！』

ラッキーか。周囲を見回して捜してみると、ブラッシングしていた場所でまだ横になっていた。

仰向けになったまま、どうやら眠っているらしい。

「ちょっと、つつきたくなっちゃう……」

『分かる』

『やめてやれｗ』

『もふもふだあ……』

これだけでもいいみたいなので、とりあえず今日はラッキーで終わることにした。うーん、撫でたいなあ……。

何度か配信を繰り返して、そろそろ私とれんちゃんも慣れてきたので、少し遠出をしてみようかと思います。つまりは新しいもふもふに出会いに行こうというわけですよ。

「そんなわけで、れんちゃん！」

「はい！」

「今日は猫をテイムしよう！」

「にゃんこ！」

「そう！　にゃんこだ！」

ファトスの側(そば)のヒマリア草原では犬がテイムできるように、セカンの隣のカルメ草原はたくさんの猫がいる。いや、犬じゃなくてウルフだけどさ。

犬役がウルフなんだから猫はトラかライオンでは、なんて言われそうだけど、猫は何故(なぜ)か猫のままだ。いや、猫又なんだけどね。尻尾二本です。初級魔法の使い手だけど、例のごとくノンアクティブなので複数から狙われるようなこともなく、一対一で戦っても相手が詠唱中に攻撃できちゃう。

魔法がどういうものか体験できる敵、と思ってもいいかもしれない。猫好きさんにとっては天敵らしいけどね。攻撃できないんだって。とても分かる。

エリアボスはここにはいなくて、その代わりにダンジョンがある。ダンジョンに生息するのは、ライオンやトラ、そしてボスには黒いトラ。

余裕があれば行くのもいいかもだけど、ここは猫と違ってアクティブモンスターしかいないのでちょっと危険。れんちゃんから聞いた運営の話が本当なら、れんちゃんなら問題ないかもだけど。ちょっとだけ話してみたられんちゃんは興味を持ってたし、いずれ行きたいところだ。

ちなみにれんちゃんのトラに対するイメージはかっこいい猫です。さすがだよれんちゃん。

そしていざ出発という時にメッセージが届いたので、同行者が増えました。

「というわけで、れんちゃん。アリスがいるけど気にせずにもふもふしてきていいよ！」

「うん。私はここで仕上げをしてるからね！　れんちゃんのもふもふを見ながら！」

「はーい！」

うーん、素直！　れんちゃんの目にはもう猫しか映ってないねこれは！

れんちゃんが早速猫へと突撃。でも猫は猫だからね、結構気まぐれで、なかなか寄ってきてくれない。むむ、とれんちゃんは唸（うな）りながら、今度はゆっくり近づき始めた。

「配信でも思ったけど、れんちゃんは本当に楽しそうにモンスターと戯れるね！」

「うん。バーチャルだとしても、動物と触れ合えるのがとっても楽しいらしくて。リアルでも、すごく楽しいって、笑顔が増えたよ」

「そっか……。大変そう、だもんね。あの、ごめんね、ちょっと調べちゃった」

「ああ……。別にいいよ。隠してるわけじゃないから、簡単に調べられるだろうし」

そんなに申し訳なさそうにされると、むしろこっちの方が困ってしまう。間違い無く、れんちゃんも気にしないだろうから。

「まあ、どうしても気になるなら、服がお詫(わ)びってことで。もらいすぎの気がするけどね」

「まさか！　そんなことないよ！　頑張って作るから！　ということで、はい！」

おおう!?　トレード画面だ！　仕上げって、渡すことだったのか。

画面に表示された服を見て、おお、と思わず声を上げた。

「かわいいかも！」

「そう？　ちょっと趣味が入っちゃったから、不安だったんだけどね。ちなみにいつでももふもふできるように、ブラシも装備可能です！」

「ほうほう！　早速着てもらおう！」

ということでれんちゃんを呼ぼうと思ったんだけど、れんちゃんはいつの間にか猫に囲まれていた。地面に座って、膝の上に猫を載せてゆっくり撫(な)でている。れんちゃんの周りの猫は、順番待ちかな？

「にゃあにゃあにゃあ」

「猫の鳴き真似(まね)をする妹がとてもかわいい！」

「ミレイちゃん!?　落ち着いて！」

くそ！　どうして私は配信してなかったんだ！　配信さえしておけば、動画も勝手に保存されるのに！　これは是非とも写真じゃなくて動画がいい！　失敗した！

れんちゃんは膝の上の猫を撫で回して、顎のあたりをもふもふして、とても楽しそうだ。これはとてもいい癒やし空間。妥協して写真は撮っておこう。

「すごく自然にテイムしてる……。すごいねれんちゃん。ここの猫、かなり警戒心が強くてなかなかテイムできないはずなのに」

「私の妹はかわいくて最強」

「あ、うん。そうだね」

どうしてどん引きするのかなアリス？


「そんなわけで、猫が増えました。上限六匹」

『あの猫をいきなり上限までテイムできるなんて、そんなわけｗｗｗ』

『なってるんだよなあ……』

『いや待って。自然と流されてるけど、服かわってる！』

おお、気付くの早いね！　そう、私とれんちゃんは早速もらった服を着ています。れんちゃんはもふもふで忙しいので、とりあえず私から。

「くるっと。アリスからもらったよ。どう？　どう？」

『自信作だよ！　えっへん！』

『かわいい』

『どっちが？』

『どっちも』

反応はそれなりかな？

私がもらったのは赤と黒を基調とした軽鎧（けいがい）だ。アリス曰（いわ）く、かっこかわいくしてみた、だそうで。

れんちゃんからもかっこいいと言ってもらえて、私はとても満足です。

れんちゃんはゆったりめの服。緩めのベルトにはブラシを吊（つ）れるようになっていて、それを隠すようにゆったりとした上着になっている。普段からいつでももふもふできるようにしてくれたみたいで、れんちゃんも気に入ってくれた。

『和服好きのアリスだから絶対に和服、それも巫女（みこ）服だと思ったｗ』

『それも考えたんだけどね。最初はファンタジーらしくいこうかなって。ちなみにいわゆる巫女服の袴（はかま）は緋袴（ひばかま）って言って』

『そういううんちくは求めてない』

『そんなー』

ああ、うん。アリスは平常運転だね。大多数の人が緋袴？　とか分からないしあまり興味もないと思うよ。興味があれば、自分で調べてもらいましょう。

「れんちゃんー。そろそろいい？」

「はーい」

猫を頭に載せたれんちゃんがこっちに走ってくる。足下をついてくるラッキーが、なんだか少しかわいそう。哀愁漂う様子で主人を見上げてるよ。気付いてあげてれんちゃん。

『ラッキーw』

『早くも居場所を奪われてて草』

『なんでや！　ラッキー悪くないやろ！』

そのコメントにれんちゃんは首を傾げる。そしてラッキーを抱き上げると、ぎゅっと抱きしめた。

「みんなかわいいの」

『おまかわ』

『もふもふを載せてもふもふを抱きしめる幼女……。いい』

『かわいいが過ぎる！』

『俺たちを萌えさせて誇らしくないの？』

ふふふ。さすが私の妹だ。そして私の口が開く前に、

「でね！　でね！　この子が最初に友達になったにゃんこ！」

れんちゃんがぴょんぴょん飛び跳ねる。多分頭の猫のことを言ってるんだと思う。私から見たら

みんなにエサをあげててどれが最初かなんて分からなかったけど、れんちゃんには分かったのかな。

そしてこれはあれだ。長くなるやつだ。

「それがこの子！　ちっちゃいにゃんこ！　ラッキーみたい！」

『ほんとだ、ちっさい』

『なんかこの子もラッキーみたいに子供っぽいよな』

『レアだったりするのかな？』

「しらなーい。えへへ、ふわふわ……」

ラッキーと白猫を抱えてすごく幸せそう。なんかもう、表情がふにゃふにゃしてる。

「それでね、次はえっと、あの子……。ちょっと待ってね！」

ぱたぱたと遠くにいる猫を捕まえに行くれんちゃん。視聴者さんはほったらかしである。相変わらずもふもふに一直線だ。

「あっはっは。うん。悪いけどちょっと付き合ってあげてね」

『りょ』

『かわいいから良し』

『聞いててほっこりする。飽きないから大丈夫よ』

みんないい人で、すごく有り難い。本当にね。

その日は結局最後までれんちゃんの猫自慢が続いた。よくまあ話が続くものだよね。

配信七回目 『れん』

暗いいつもの病室で、佳蓮（かれん）はゲームの準備をしてもらっています。未（いま）だ昼過ぎ、つまりは今日二回目のフルダイブで、本来なら勉強の時間なのですが、今日は日曜日です。いつも勉強を教えてくれる先生はお休みなので、午前のフルダイブをお休みすることを条件にお昼もゲームをさせてもらうことになりました。

それを昨日お姉ちゃんに伝えたのですが、すでに友達と約束してしまっていたらしく、とても後悔していました。友達の約束を断ろうか、なんて言っていたのでさすがにお説教しました。ちゃんと友達は大事にしないといけないのです。

そんなわけで、お昼は一人でログインすることになりました。

いつもの自分のホームに降り立ったれんは、とりあえずラッキーとディア、それに猫たちと遊びました。みんなのブラッシングをして、ごろごろもふもふして。しっかりと満喫してから、れんは思います。

いたずら、してみようかな、と。

れんも子供です。たまにはこんないたずら心も出ちゃうのです。

そんなわけで。れんはうんうん唸(うな)りながらメニューを眺めます。

おねえちゃんが教えてくれたことがあります。配信で使っているアカウントはれんと共有していて、れんでも使えるのだと。ただ、あくまでそういうものだという説明をされただけなので、使い方は分かりません。

うんうん唸って唸り続けて、これかな、というものを見つけました。はいしん、というそのままのメニュー。それをタッチすると、またずらっといろんなものが出てきたので、とりあえずそれっぽいものを押してみました。はじめる、を。

すると、何かを書き込む枠が出てきました。これはきっと配信のタイトルのことでしょう。

「えっと……。れん、と」

ですが残念ながられんはそもそもとして、配信にタイトルが付けられていることすら知りません。

れんはこれが自分の名前の入力欄だと勘違いしてしまいました。

そして、そのまま始めました。

唐突に出てきた光球と黒い板のようなものにれんは驚きましたが、よくお姉ちゃんが使っているものだと気が付いて一安心です。少しすると、コメントが流れてきました。

『なんだこの放送』

『配信者はミレイの名前だけど……』

「あ、あの、こんにちは」

『れんちゃん!?』

『え、え、一人!?』

『ミレイはどうしたの？』

なんだか皆さんとても慌てているみたいです。不思議ですね。

「えと。今日はわたし一人、です。日曜日なので友達と出かけてます」

『れんちゃん残して遊びに行くなんて』

『いやそう言ってやるなよ。ミレイにも同年代の付き合いがあるだろ』

「うん。わたしが今日はお昼も遊べるって知ったら、お友達にごめんなさいしようとしたから、友達を大事にしなさいってめってした」

『怒ったのかｗ』

『小学生に怒られる高校生』

『れんちゃんえらい！』

そんなに怒ってはいないですけど、なんだかちょっぴり勘違いされてるような気もします。けれど、他に言い方も分からないので、このままにしておくことにします。間違ってはいないですし。

「それでね。今日はわたし一人です」

『れんちゃんもミレイの妹なんだなあ』

『行動力あるよね』

「こーどーりょく?」

『舌っ足らずかわいい』

なんだか微妙にばかにされた気がします。れんがむう、と頬を膨らませると、多分さっきの人が謝ってきました。れんは心が広いので許してあげます。

「今日は、おねえちゃんにいたずらしようと思います」

『れんちゃん!?』

『急にどうしたれんちゃんｗｗｗ』

『まさかのいたずら配信ｗ』

『何するの?』

「今から新しいお友達をここに連れてきて、おねえちゃんをびっくりさせます!」

『かわいい』

『かわいらしいいたずらだなあｗ』

『そういういたずらならいいと思う。応援する』

「ありがとうコメントさん!」

『うん。うん。あれ? 俺らって人として認識されてない?』

『俺らの本体はコメントだった……?』

『私は人……コメント……私とは一体……?』

『お前ら落ち着けｗｗｗ』

なんだか変なことになっていますが、とりあえずコメントさんたちの賛成は得られたので出発することにしましょう。目的地も、次に仲良くなりたい子ももう決まっています。

「コメントさんたちがいいって言ってくれたから、がんばる」

ふんす、と気合いを入れるれんは、流れるコメントに気が付きません。

『あれ？　これってもしかしなくても、共犯にされたっぽい……？』

『お。そうだな。嫌なら帰って、どうぞ』

『ふざけんな。今回神回確定だろ。馬鹿野郎俺は見届けるぞ！』

『ミレイの反応が楽しみすぎるｗｗｗ』

さてさて、出発です。まず最初に向かうのはセカンです。

れんが今いるフィールドはいつでも来れるれんのホームです。ここから出るにはメニューを開いて、ファトスに移動をタッチします。すると次の瞬間には、ファトスの転移石の前です。

この転移石から、次はセカンに移動。サズも気になりますが、そこに行くとさすがにお姉ちゃんに怒られるような気がします。

セカンについたら、先日お姉ちゃんと一緒に行った、猫さんがたくさんいるカルメ草原へ。そこにれんの目的地があるのです。

『れんちゃんれんちゃん。そろそろどこに行くか教えてほしいなって』

そんなコメントが流れてきました。そう言えばまだ言っていませんでした。

「この近くにあるダンジョンだよ。トラさんとかライオンさんがいっぱいいるんだって」

お姉ちゃんがそんなことを言っていました。それを聞いてからトラさんとライオンさんがすごく気になってます。かっこいい猫さん。お友達になりたいです。

『待って』

『それアカンやつ』

『れんちゃんだめだ考え直せ！』

なんだかコメントさんたちが必死です。どうしたのでしょうか。

「むう？　よくわかんないけど、だいじょうぶだよ？」

『大丈夫じゃないからあ！　行っちゃだめだあ！』

「……？」

どうしてそこまで言うのでしょう。れんには分かりません。

そしてもう、ダンジョンは目の前です。れんの目の前には、地面にぽっかりと空いた大きな穴があります。ここに飛び込むとダンジョン内部だそうです。

ちなみに、気付かずに転げ落ちた人のために、落ちた先には脱出の魔法陣があるようです。親切ですね。まず穴にするなよとよく言われているらしいですけど。

「行ってきます！」

『ああ！　本当に行っちゃったああ！』

『おいこれ俺らも間違い無くミレイに怒られるぞ！』

『甘んじて怒られよう……。せめて見守ろう……』

穴はとても深かったのですが、不思議な力で落ちるのはゆっくりでした。そのまま地面に着地して、周囲を見回してみます。

薄暗い、いかにもな洞窟です。ゲームやアニメに出てきそう。

「おうどう？　な洞窟！　わくわくするね！」

『わかる』

『すっげえリアルだから余計にな』

『冒険してるって気がする』

「うんうん！」

ぴちょん、ぴちょんとどこかで落ちる水の音が雰囲気を際立たせています。本当に、天然の洞窟に来ているかのようです。

「でも、ここにいるのってライオンさんとトラさんだよね？　こんな洞窟に……？」

『それ以上はアカン』

『そこまでリアルさを求めるとほとんどのゲームは成り立たなくなるからな』

『多分住んでる一部が定期的に狩りに出てるんだよ』

「ふうん……。そうなんだ」

とりあえずれんは、頭に乗ってすぴすぴ寝ているラッキーを軽く叩いて起こします。ラッキーはすぐに欠伸をして起きてくれました。きょとん、と首を傾げるラッキーを腕に抱きます。

「ラッキー、どっちに行けばいいかな？」

洞窟は道のど真ん中から始まりました。前にも後ろにも道があります。ラッキーはくんくんと鼻を動かすと、目の前に向かってわん、と吠えました。

「ありがとう」

たくさん買ってもらったエサをラッキーに与えます。ラッキーは嬉しそうにぱくりと食べました。

『へえ。小さいウルフにはそんな能力があるのか』

『ますます欲しい……』

『やめとけ。れんちゃんを知った連中が試そうとしたけど、相変わらずすぐ逃げられて何もできなかったらしいぞ』

「そうなの？　大人しい子なのに」

ラッキーを撫でながら進みます。途中の分かれ道も、ラッキーに教えてもらって、迷わず進みます。はずれの道も気になりますが、今は後回しです。

やがて大きな部屋にたどり着きました。そこにいたのは、

「ライオンさんだ！」

部屋の中央に堂々たるたたずまいの、たてがみが立派な雄ライオン。それを守るような布陣の雌ライオン。そのさらに周囲に座るトラたち。

「トラさんっていつからライオンさんの部下になっちゃったの？」

『それはあれだよ。ゲーム的な都合ってやつさ』

『気にしちゃだめなやつ』

「そっかー」

ライオンさんたちを見てみます。みんな寛いでいるみたいです。大きな猫みたいでかわいいです。

れんが部屋に足を一歩踏み入れると、全ての視線がこちらへと向きました。

『ヒェ』

『ゲーム的には大して強くないけど、本能というかなんというか、今でも怖い』

『分かる』

そしてれんは。

「かっこいい！」

そう言って、駆け出しました。

『躊躇なく行ったー！』

『まじかよｗｗ』

『さすがに草』

『いやでもやばくないかあいつら全部アクティブだぞ！』

ああ、なるほど、とちょっとだけれんは思いました。だからみんな焦ってくれていたのか、と。

普通ならアクティブモンスターは、こちらが何もしていなくても襲ってくるモンスターらしいです。

れんのことを心配してくれていたのでしょう。

でも、れんは知っています。山下(やました)さんが教えてくれました。敵意がなければ襲われないって。

果たしてトラたちはこちらをじっと見つめるだけで襲ってはきませんでした。

「わあ……。おっきい……」

どことなく警戒されているような気もしますが、一先(ひとま)ず襲われる心配はなさそうです。座っているトラに近づいてみます。トラはこちらをじっと見つめるだけです。

「さ、触ってもいいかな……？　怒るかな？」

『それよりもどうして襲われていないのか、これが分からない』

『お、おう。エサでもあげてみればいいんじゃないか』

「エサ！」

早速エサを取り出して、トラに近づけます。トラは一瞬だけ身を硬くしたようですが、すぐにれんの持つエサに鼻を近づけてひくひく動かしました。

「かわいい……」

『え』

『あ、うん』

『カワイイナー』

どうやら理解してもらえなかったようです。こんなにかわいいのに。

トラはしばらくエサの臭いを嗅いでいましたが、やがてべろんと大きな舌で食べてしまいました。もぐもぐと少しだけ口を動かして、すぐに呑み込んでしまいます。そしておもむろに立ち上がりました。

「おっきい……」

『今度こそやばいのでは⁉』

『逃げて！　れんちゃん逃げてー！』

そしてトラは、れんのほっぺたをべろんとなめました。

「うひゃ！　び、びっくりした……」

『ええ……』

『懐くの早すぎませんかねえ……』

『れんちゃんのピンチに頭を悩ませていたはずが、いつの間にか肉食獣とのほのぼの動画を見ていたらしい……』

一匹目の後は、どんどんと周りからきました。トラはもちろんのこと、雌ライオンもたくさん寄ってきます。エサはたくさん用意していたので、みんなにせっせと配っていきました。みんな嬉しそうに食べてくれます。そんなに美味しいのかなこれ。

「………。あむ」

『いきなり何食べてんのれんちゃん!?』

『いや、分かる。どの動物もモンスターも、美味しそうに食べるもんな』

『テイマーはみんな試す。そして後悔する』

「まず……」

何でしょう。この、表現の難しい味は。なんか、すごくすごくねばっこい肉団子でねっちょりしていて、お肉の味なんてせずにむしろ苦みがあってとても不味い。

れんが呆然としている間に、そのかじられたエサを横からトラが食べてしまいました。なんというか、ちょっとだけこの子たちの正気を疑ってしまいます。

『れんちゃんの表情がｗｗｗ』

『分かる。分かるよれんちゃん。そういうものだと割り切るしかないよ』

『まさか食べる人なんているとは思わなくて適当に味が設定された、気がする』

そうなのでしょうか。そうかもしれません。あまりに不味すぎます。

最後に近づいてきたのは、たてがみがりっぱな雄ライオンでした。

「はい、どうぞ」

ぺろん、とそのライオンも食べてしまいます。美味しそうで満足そう。あと、ふわふわそう。

『れんちゃんの視線がライオンに固定されてるんだけど』

『れんちゃんにとってはあれもももふもふ枠なのか……？』

『いや、でも、気になるのは分かる』

そっと手を伸ばして、たてがみに触れてみます。すごく、ふわふわ。

「はわあ……」

これは、いい。とてもいいもふもふです。

『れんちゃんの顔が！』

『すっごいとろけてるｗｗｗ』

『いいなあ、俺も触ってみたい』

もう、幸せです。左手でエサを持ちながら、右手でもふもふ。幸せなのです。

しばらくなでなでさすさすしながらエサをあげ続けていると、ぽろんと何かのメッセージが出てきました。

『お友達になりました！』

あ。

「おともだちになれたよ」

『うっそだろ』

『ライオンはテイムの難易度高いはずなんだけど』

『いや、まあ戦いもせずにエサをあげ続けていたら妥当、なのか……？』

難しいことはよく分かりませんが、れんとしてはちゃんとお友達になれたので満足です。ちなみに雌ライオンとトラもテイムしていました。

「あのね、ライオンさん」

たてがみのライオンに言うと、ライオンはじっとこちらを見つめてきます。とりあえずもふもふ。

『れんちゃんｗｗｗ』

『なんだろう、ライオンが困惑しているように見えるｗ』

「もふもふもふ……。あ、そうだった！　ねえライオンさん。黒いトラさんってどこにいるの？」

なぜかコメントさんたちが騒ぎ始めました。何しようとしてるの、危ないから、とか色々言われていますが、れんの目的は最初から黒いトラさんと遊ぶことです。

ライオンはこちらをまじまじと見つめ、やがてその場にぺたんと座りました。そしてこちらをまた見つめてきます。乗れ、ということでしょうか。

「乗っていいの？」

こくん、とライオンが頷き(うなず)ます。れんは破顔してライオンにまたがりました。ライオンがちょっと大きすぎて、他の雌ライオンやトラに手伝ってもらったのは内緒です。

『なんだこのほのぼの』

『乗りたくても乗れなくてしょぼんとするれんちゃんを他のライオンやトラが手伝って乗せてあげる。いい』

『誰に向かっての解説だよｗ』

ライオンにまたがって、たてがみをもふもふしながら移動開始です。ライオンがのっしのっしと歩いて行きます。それに追随する雌ライオンとトラたち。なんだかちょっぴり楽しくなります。

『鼻歌歌うれんちゃんがかわいい』

『歌上手(うま)いな。お歌配信してくれないかな？』

『ミレイに言ってみ。多分通るぞ』

途中何度もライオンたちがいる小部屋に入りましたが、ライオンたちはれんを一瞥(いちべつ)するだけでした。みんな思い思いに過ごしています。毛繕いしたり、二匹で遊んでいたり、見ていてちょっと面白いかも。

『いや本当に、どうなってんのこれ』

『こいつらアクティブだよな？』

『なんで襲われないの？』

「んっとね。アクティブモンスターって、敵意があるかどうかで、はんてい？してるんだって。それがなかったら襲われないらしいよ」

『え、なにそれ』

『初めて聞いた』

『誰から聞いたんだそれ』

「げーむますたーの山下さん」

運営の情報かよ、とコメントさんたちはまた大騒ぎです。これって言ったらだめだったのかな？　少しだけ思いましたが、まあいいかと流します。きっと大丈夫。

『街の移動でアクティブモンスターに襲われないのはそれが理由か』

『確かに移動に敵意も何もないな』

『いや、でもそれでもれんちゃんはおかしくないか？　テイムしたいは敵意だろ』

『多分、最初は敵意判定で警戒されたんだろ。それなのに実際にライオンを見たれんちゃんの反応がかっこいいかわいいだぞ？　モンスも困惑するわ』

『長文乙。なんとなく納得した』

「だってかっこいいもんねー。もふもふもかわいいよね！」

たてがみをもふもふしつつぎゅっと抱きしめます。がう、と返事がありました。なんてかわいいのでしょう。もっともふもふしちゃいます。もふもふもふ。

『主目的が忘れられてる気がするのは俺だけか』

『奇遇だな、俺もだ』

『でも！　それがいい！』

のんびりライオンの背中に揺られること、十分ほど。なんだか大きな部屋にたどり着きました。その部屋の中央に、大きめの黒いトラがいます。黒いトラはれんを見つめて小さく首を傾げていました。

『ついに来たぞ』

『いつ見てもでけえ』

『さあ、れんちゃんの反応は……』

「わあ……」

少しだけ、体を浮かして、ライオンから下りようとします。けれどどうしてか、ライオンは回れ右をしてしまいました。その時にぺこりと黒いトラに一礼しています。

「あれ？　ライオンさん？　あのね、あの子と遊びたいなって……」

れんがそう言うと、ライオンはがう、と返事をしてくれます。でも止まることなく、歩き始めました。

『なんだこれ？　もしかして元の部屋に戻るのか？』

『いや、これって、もしかして、もしかしなくても……』

『おいおいおいおい、やばいってさすがに！』

困惑するれんを乗せたまま、ライオンは歩いて行きます。ただ、元の部屋に戻るのではなく、最初とは違う道を進んでいきます。ゆるやかな下り坂になっている道でした。

『こんな道あったか？』

『普通はない。特定の条件を満たせば入れるようになる、らしい。詳細不明』

『ほうほう。で、この先に何があるの？』

『まあ……。すぐに分かるさ』

さらに五分ほど歩き続けて、たどり着いたのはさっきよりも広い部屋でした。そしてその部屋の奥に、白いトラがいました。さっきの黒いトラよりも、ずっと大きい白いトラです。間違い無く、ディアよりも大きいでしょう。

『でけえ！　なんだあいつ!?』

『隠しボスの四聖獣・白虎。かなり強くて、今のところ討伐報告すらない』

『まじかよｗｗｗ』

白虎はとても大きいですが、ディアを経験しているので大きさで特に驚くこともなく、つまり残るのは白くてかっこいいトラさんという要素。

「かっこいい！」

つまりもふる対象なのだ！

ぴょん、とライオンから飛び降りて、白虎の方へと走りました。

『行ったー！』

『一切の躊躇なし！　ぶれねえな！』

『さすがやでれんちゃん！』

白虎に近づきます。白虎は困惑しているようでしたが、れんが触るのを嫌がりませんでした。

そっと、その大きな足に触ってみます。

「さらさらしてる」

『へえ』

白虎が顔を近づけてきました。とっても大きなお顔です。鼻を撫でてあげると、気持ち良さそうに目を細めました。かわいい。

「わあ！　かわいい！」

『おまかわ』

『大きすぎてちびりそうになるけど、こうして見るとかわいいかも』

『間違い無く最強クラスのモンスなのに、こうして見ると本当にかわええ』

鼻の頭をかりかり、喉あたりもかりかり。とても気持ち良さそうにしてくれているのが分かって、れんも楽しくなってきます。ずっとこうしていたいです。

『れんちゃん、エサもあげなよ。食べてくれるよ』

「あ、そうだね！」

れんにとってはとても不味いエサですが、この子たちにとっては美味しいらしいです。手にとって差し出してみると、ぺろっと食べてしまいました。うん。美味しそう。

「もっと食べる？」

エサを取り出してみると、またぱくりと食べました。もぐもぐと、味わっているみたいです。

ライオンたちにも渡すと、こちらもまた食べました。

「よく食べる子はよく育つんだって。たくさん食べてね」

『いやれんちゃん、その子らは所詮データだから……』

『やめろよ。楽しそうなんだから、野暮なこと言うなよ』

『そうだよ。空気読んで』

『あ、はい。すみませんでした』

喧嘩はよくないと思います。

白虎たちにエサをあげていたら、れんもお腹が空いてきました。そこで取り出したのは、お弁当箱です。なんとこちら、お姉ちゃんにもらったものなのです。

『なにそれ』

「お弁当！　昨日、おねえちゃんが作ってくれたの」

昨日、明日のためにとゲーム内で食べられるお弁当を作ってくれていました。綺麗なお花畑がある場所も教えてもらっています。安全な場所なのでピクニックにでも行っておいで、ということだったのでしょう。

「だから今日のこれはピクニックなの」

『ピクニック（ダンジョン）』

『ピクニック（ウィズ肉食獣）』

「おこるよ？」

『ごめんなさい』

『許して』

「仕方ないなあ」

にこにこお話ししながら、お弁当の蓋を開けます。中は塩味をしっかり利かせたおにぎりと、唐揚げやサンドイッチなど。れんの大好物です。

『おいしそう』

『ミレイのスキル構成が謎すぎる。料理までできるのかよ……』

ぱくりとおにぎりを食べます。美味しい、幸せなお味。

『なんだこのかわいい生き物』

『ふにゃふにゃれんちゃん』

『いい。すごくいい』

もぐもぐ食べていると、白虎がれんのお弁当を見つめていました。食べたいのでしょうか。

一応、トラは肉食らしいです。なので唐揚げを差し出してあげると、ぺろんと食べてしまいました。ちょっと残念と思わなくもありませんが、美味しそうに食べてくれたので良しとしましょう。

『お友達になりました』

「あ」

『ん？　どした？』

「おともだちになったよ」

『草』

『はやすぎぃ！』

『討伐よりもテイムが先になるなんてｗｗｗ』

理由は分かりません。少し不思議です。けれど、友達になれた事実は変わりないので、れんとしては満足です。このまま一緒に連れて帰っちゃいましょう。

「一緒に来てもらえる？」

れんが聞くと、白虎は頷いてくれたのでした。

・・・・・

さて。ゲーム内の保護者である私は今、頭を抱えています。隣には腹を抱えてぷるぷる震えている菫（すみれ）の姿が。おのれ、他人事（ひとごと）だと思って！

「佳蓮ちゃんは本当にかわいいわね」

笑いを堪えながら菫が言う。その意見には同意だけど、この後どんな顔をして会えばいいんだろう。

今回、れんちゃんが配信に使ったアカウントは私と共用。そして共用と言っても、ゲーム内での保護者は私、つまりあのアカウントのメインは私なのだ。まあ、うん。れんちゃんが配信を始めた時点で私に連絡が来たんだよね。

菫に事情を話すと、苦笑いしながら一緒に配信を見てくれることになった。喫茶店に入って、軽く食べ物をつまみながらスマホで配信を見る。そしてれんちゃんが白虎をテイムして、れんちゃんのホームに戻ったところで配信は終わった。

何が言いたいかと言うと、私はもうれんちゃんがホームに連れ込んだ子たちを知ってるわけだ。たてがみふさふさの雄ライオンと、雌ライオンとトラ二頭。そしてまさかの四聖獣・白虎。

知らなかったら驚くけど、知ってたら驚くものでもないわけで。さて私はどうしたらいいんだろうね。実は見てました、と正直に言うべきか、驚いてあげるべきか。

「どうしたられんちゃんが一番喜ぶかな……」

「そうね。今すぐ記憶を抹消して、何も知らないままログインすることね」

「無理難題にもほどがある……」

そんなことができたら苦労しない。できるなら今すぐやりたい。そうしたら、きっとれんちゃんの望み通りの反応ができるのに！

「私は、私はどうすればいいの……？」

私が頭を抱えていると、菫がため息をついて助言をしてくれた。

「あのね、未来。私に相談されても、そのゲームを知らないんだからアドバイスなんてできないわよ」

「うん……。ごめんね、分かってる」

「だからさ。未来にはゲーム内に頼れる相談相手がたくさんいるでしょ。いや、頼れるかは分からないけどさ」

「つまり？」

「ちょっと早めにログインして、相談してみなさい。どうせ暇人ばかりなんだし、少し早めに始めても誰かいるでしょ」

「なるほど！」

言い方は少し気になるけど、それはいい手かもしれない。頼りになるかは本当に分からないけど！

「はい。そうと決まれば、さっさと買い物終わらせましょ」

「だね。ありがとう、菫」

「はいはい」

その後は菫に連れ回される形で、ショッピングを楽しんだ。菫はちょっと買いすぎだと思います。

午後五時半。菫の助言に従い、私は少し早めにログインした。そしてすぐに配信の準備をする。少しの待ち時間の後、すぐに配信できる状態になった。早速、配信開始だ。

『お？　またこんな時間？』

『今度はミレイか』

『おい馬鹿お前ら』

『そうだった、忘れてくれミレイ。それでどうしたんだ？』

この人たちは少なくとも、サプライズをしたいれんちゃんに合わせるようだ。いい人たちだな、と思う。私は、なんともいえない表情になってしまった。

「とても簡単に伝えますけど」

『おう』

「私が配信で使ってるアカウント、れんちゃんと共有なんです」

『うん』

『いや、待って。まさか』

お、はやい。もう察してくれた人がいるみたいだ。構わずに、続けて言う。

「私はゲーム内ではれんちゃんの保護者なので、アカウントのメインの権利は私にあるわけですよ」

『あー……』

『おいおいおいおい』

「れんちゃんが配信始めた時点で私に連絡が来まして、私も見ていたんですよね」

『ははは……。つまり？』

「れんちゃんのホームに何がいるか、知ってるんだよ！　私、今からどんな顔してれんちゃんと会えばいいの!?」

『草』

『これはひどいｗｗｗ』

『れんちゃんが気付くべきだった、というのは小学生には酷か』

当たり前だけど、れんちゃんに責任を求めるつもりなんて毛頭ない。まさかやらないだろうと説明していなかった私が悪いのだ。れんちゃんは何一つ悪くない。

それでも悪いと言うなら、ただただひたすらにタイミングが悪かった。

「というわけで、助けてください。私はどうしたらいいかな。会った瞬間に謝って配信を見てましたって言うべきか、知らない振りをするべきか」

『究極の二択だな』

『素直に伝えるべきじゃね？　黙っていても罪悪感あるだろうし、ばれたら絶対に怒るぞ』

『黙ってようぜ。ばれなきゃいい。それよりもせっかくのれんちゃんのサプライズだぞ！　楽しめよ！』

とまあ、たくさんの意見を頂戴できたわけですが。数えると、ほぼ同数という結果に。これは、本当にどうしようかな。

『今更だけど、もう謝るのは遅くないか？』

「ん……？　なんで？」

『いや、だって、謝るなら配信終わった直後じゃないか？　何時間経ってると思ってんの？』

「あ」

『あ』

そうだよ当たり前じゃないか謝るなられんちゃんがログアウトしたタイミングでないと意味がない……！　どうして今まで黙ってたのかと聞かれたら何も答えられなくなる！

『これは詰んだなｗ』

『まあ、お前はよくやったよ。骨ぐらいは拾ってやる』

『大草原の中から骨を探してみせるよ！』

「それおもいっきり笑ってやるって言ってるようなもんでしょうが！」

くそう、他人事だと思って！　いや、事実彼らにとっては他人事だけどさあ！

ああ、もう時間だ。覚悟を決めるしかない……！

「じゃ、切るから！　行ってくる……！」

『逝ってこい！』

「うるさいよ！」

ああ、もう、なるようになれだ！

れんちゃんからメッセージが届いた。ホームに入らずに待っててね、だってさ。ははは、胃が痛い……！

了解、と返事をしてからしばらくして、ファトスの門の前で待っていた私の元にれんちゃんが走ってきた。なんかもう、すごい笑顔。まさにいたずらっ子の笑顔。純粋な笑顔。汚れた私にはきっついよ……。

「おねえちゃん、お待たせ！」

「うん……。あ、いや、待ってないよ。それで、行っていいの？」

「あ、待っててね」

れんちゃんがささっと配信を始める。おお、一回で慣れたのか。

ん……？

『反応』

反応……？　あ。

れんちゃんを見る。こちらをわくわくしながら見ていた。そうだよね私から見たら初めてのはずだもんね！

「す、すごいねれんちゃん！　自分でできるようになったんだ！」

「うん！　うん！　すごい？　すごい？」

「すごい！　れんちゃんすごいなあ！」

「えへへ……」

照れ照れれんちゃんとてもかわいい。抱きしめたい。でも配信中なので自重します。

というわけで、いよいよれんちゃんのホームへ。れんちゃんと一緒に、転移します。そうして広がるれんちゃんの草原。その、目の前に、いた。

ライオンやトラたち、そして大きな白虎。

よし。よし。やるぞ！

「わ、わあすごい！　ライオンとトラに、白虎まで！　れんちゃんいつの間に友達になってきたの？　びっくりしちゃった！」

「うん！　あのね、あのね！　今日のお昼にね、会ってきたの！」

嬉しそうにれんちゃんがその時のことを語ってくれる。ちょっとだけ罪悪感で胸が痛いけど、れんちゃんの笑顔を見ていたらこれで良かったと思えてくる。

『れんちゃん一人でダンジョン突撃はかなりハラハラしたんだぞ』

『何の躊躇（ためら）いもなくライオンとトラを撫でに行ったのは正直かなりびびったｗ』

『白虎にまで突撃してたしなｗｗｗ』

「へ、へえそうなんだ！　れんちゃんあまり危ないことしたらだめだよ？」

「平気だったよ？」

「そっかあ」

まあ、平気だろうとは思うけど……。れんちゃんに悪意なんて欠片もないだろうし、ね。

『トラをなでなでするれんちゃんはかわいかったね』

『俺はライオンのたてがみをもふもふするところかな』

『ライオンに乗るのに他の子に手伝ってもらってたシーンを推したいね俺は』

ああ、分かる！　すごく分かる！　どれもかわいかった！　でも……。

「私はやっぱり白虎かなあ。大きい子をもふもふするのっていいと思うよ。私のお弁当も美味しそうに食べてくれたし」

れんちゃんのためのお弁当だったけど、美味しそうに食べてくれたらやっぱり嬉しいものなのだ。

あれ……？　なんだかコメントの数が一気に減ったような……？

『あーあ……』

『おばか』

『なんで自白してんだよお前は』

「あ」

あああああ！　バカか私はバカだ私は今のはダメでしょ自白じゃん！

コメントかられんちゃんに視線を戻す。恐る恐る、ゆっくりと。

れんちゃんの可愛らしいお顔から表情が抜け落ちてました。こわい。

「ふうん。おねえちゃん、配信見てたんだね」

「う……」

やばい。これはちょっと本気で怒ってる……！

『草』

『通り越して大草原』

『むしろサバンナ』

『トラだけにｗ』

『何言ってんのお前』

こいつら他人事だと思って……！

思わずコメントを睨み付けていると、れんちゃんも私のことを睨んでいるのに気が付いた。怖いです。

「ふうん。ふうん。そうなんだ。へえ、そうなんだ」

「あ、あの、れんちゃん……？」

「ふーん。ふーん。へえ。そう、なんだあ」

「すみませんでした！」

秘技、土下座！　言い訳なんてそれこそできない！　怖い！　れんちゃんがすごく怖い！

返事がないので恐る恐る顔を上げると、れんちゃんは頬をぷっくり膨らませていた。

「おねえちゃんなんて、だいっきらい！」

「ぐはあ！」

れ、れんちゃんに嫌われた……嫌われた……。ぐすん……。

・・・・・

膝を突いたお姉ちゃんはそのままに、れんは白虎の方に向かいました。頭にはいつものようにラッキーが居座っています。

白虎の元にたどり着いて、その大きな体に抱きつきます。ふわふわ。

れんの苛立ち（いらだ）が分かるのか、ウルフたちも含めてみんなが集まってきます。れんのことを代わる代わるなめていきます。それだけで、少しだけ落ち着きを取り戻しました。

ちょっと、言い過ぎたかもしれません。

『れんちゃん』

ふとコメントが目に入りました。今回はれんが配信を開始したので、光球もれんについてきたようです。

『ミレイちゃんはミレイちゃんなりにとっても悩んでたよ。れんちゃんのことが大事だから、すごく悩んでたの』

「うん……」

『れんちゃんの気持ちも分かるが、あまり怒らないでやってくれ』

『できればさ。二人が仲良くしてるのを見たい』

『けんかをしてるのを見ると、ちょっと悲しい』

「うん……」

本当に、いい人たちだと思います。

れんだって、分かっています。ちょっとめちゃくちゃ言った気がします。勝手に配信しちゃったのはれんなのです。本来ならられんが怒られてもおかしくないのです。

いわゆる逆ギレというやつです。だめな子です。

「謝ってくる……」

れんがそう言ってお姉ちゃんの方へと向かうと、

『えらい』

『自分から謝れてえらい』

『がんばれれんちゃん、俺たちがついてるぞ！』

そんなコメントが流れて、れんはくすりと笑いました。

お姉ちゃんの前に立ちます。お姉ちゃんが顔を上げます。

お姉ちゃんの、とても悲しそうな顔。意を決して、れんは口を開きました。

「ごめんね、おねえちゃん」

「れんちゃん？」

「あのね、いたずらがうまくいかなくて、いらいらしちゃってたの。だから、ごめんなさい」

お姉ちゃんは目を何度かぱちぱちしていましたが、

「れんちゃん、許してくれるの？」

「うん。だからね、あのね、わたしが勝手に配信しちゃったのも、許してほしいな……？」

「許すよ！　全部許しちゃう！　ごめんねれんちゃんありがとうれんちゃん！」

「わぷ」

お姉ちゃんが抱きついてきました。なんだかいつもより力が強い気がします。ぎゅーっとされています。ちょっとだけ苦しいですけど、でも悪い気はしないのです。

『うんうん。やっぱりこうでないとね』

『てえてえに似た何か』

とても、調子の良いコメントさんたちです。ちょっとだけ怒るべきでしょうか。そんなことを考えていたら、お姉ちゃんの呟き（つぶや）が聞こえてきました。

「はあ、れんちゃん……んふふ……」

「うあ」

『こわいｗｗｗ』

『これはｗｗｗ』

『おいおい、死んだわあいつ』

おねえちゃんの肩を叩きます。おねえちゃんは体を起こして、れんの顔をまじまじと見つめてきます。そんなお姉ちゃんに、れんはにっこり笑顔で言いました。

「きもちわるい」

「…………」

固まるお姉ちゃん。れんはふんと鼻を鳴らして、もふもふに戻るのでした。

『そういうところやぞ』

『あーあ。せっかくフォローしてやったのに』

『これはもう自業自得』

どうやらコメントさんたちも今回は賛成のようです。

れんはくすくすと小さく笑いながらお姉ちゃんへと振り返ります。おねえちゃんは呆然とこちらを見つめていましたが、

「おねえちゃん、もふもふする？　この子、さらさらだよ」

白虎を撫でながら言います。ふらふらと近づいてきたおねえちゃんに苦笑しながら、れんはもふもふさらさらを堪能するのでした。

配信九回目『れんちゃんと放牧地で遊ぶよ』

The mofu-mofu sisters' streaming

「おねえちゃん、放牧地は?」

今日も今日とてわんわんとにゃんこをもふもふする様子を眺めていたら、最愛の妹からそんなことを言われました。

ふむ。放牧地。ふむ。

「忘れてた……」

わ、私はなんということを！　他の人のもふもふと戯れて、もふもふをもふもふするもふもふれんちゃんを見たいと思っていたのに！　もふもふ！

それに何よりも、れんちゃんに怒られる。

と、思ってたんだけど。

「えへへ。わたしも」

そう言ってはにかむれんちゃん。かわいい。好き。

「うん。せっかくだし、今日行こうか。配信もしちゃおう」

「うん！」

「というわけで、突発的ですが放牧地突撃回！」

『放牧地キタ！』

『いきなりすぎませんかねえ!?　今から行くぜ！』

『残念だったな、れんちゃんが入っていったからか、テイマーたちは我先に放牧地に入った。すでに人数上限で入れない』

『野生のお前ら積極的すぎじゃね？』

うん。まあ、そうなのだ。放牧地に行こうとテイマーズギルドに行ったら、テイマーさんに声をかけられてね。ミレイさんとれんちゃんですかって聞かれたから頷いたら、いつの間にか大勢集まってた。意味が分からない。

いや、なんとなくは分かるんだけどね。れんちゃん、一週間程度ですごい人気になったからね。今も視聴者さんが続々増えてる。怖い。

多分、内容がおもしろいとかじゃなくて、れんちゃん目当てだと思う。普通はいない幼女プレイヤーだからね。興味を持つのは分かる。それにれんちゃんだからね！　かわいいからね！　仕方ないね！

うん。れんちゃんの視線がちょっと冷たくなってる気がする。落ち着こう。

とりあえず放牧地を見回す。大勢のテイマーさんたちが、こっちをちらちら見てる。こっち、というかれんちゃんを。

『なんか、妙な雰囲気だな』

『いやいや、テイマーの俺には理解できるぞ』

「うん。私も理解できちゃう。普段から放牧地にいるようなプレイヤーは生粋の動物好き、自分の子大好きな人だからね。自慢の子を見せたくなるものだよ」

『親馬鹿心理』

「否定はしない」

ただ、蛇とかテイムしている人は、あまり期待はしてなさそう。こっちを見てるけど、少し離れた場所にいる。

安心してほしい。れんちゃんは特にもふもふが好きなだけで、生き物全て好きだから。博愛主義者だから。さすがれんちゃん。

「私の女神！」

『お前はいきなり何を言ってるんだ』

『おまわりさん、この姉です』

『おまわりさんです。お医者さんを呼んでください』

「ひどくないかな!?」

そこまで言わなくても。

「おねえちゃん……」

「おっと、ごめん」

れんちゃんがうずうずしながら私を見てくる。うん、おあずけで待たされてる子犬みたい。ちょっとこれはこれでかわいいかもしれない。

れんちゃんの頭を撫でながら、

「じゃあ、行ってらっしゃい。私は後ろからついていくからね。何かあったら呼んでね」

「はーい！」

嬉しそうに駆け出すれんちゃんを見送りながら、私はだらしなく頬を緩めた。

「私の妹がとってもかわいい」

『しかしその姉の顔はとても気持ち悪い』

『一度鏡見た方がいいよミレイ』

「うるさいよ」


れんちゃんがまず最初に向かったのは、リスによく似たモンスターだ。そのモンスターをテイムしているらしい少年の顔が強張る。まさか自分のところに来るなんて、とか思ってるのかもしれない。

れんちゃんは少年の足下のリスまで駆け寄ると、わあ、と小さな歓声を上げた。

「あ、あの、この子！」

「は、はい」

「抱いても、いいですか！」

ちょっと声は震えてるけど、ちゃんと少年に話しかけた。れんちゃんの人見知りは、もふもふの方が優先されるみたいだね。放牧地に通えば、人見知りもましになるかも。

れんちゃんの声に少年は目をぱちぱちと瞬かせていたけど、すぐに小さく笑った。リスを抱き上げて、れんちゃんへと渡す。受け取ったれんちゃんは、はわあと妙な声を上げていた。

「かわいい……。ちっさいのにふわふわもふもふしてる……！」

「ふふ……。そうだろ？　僕の自慢の子さ。お願いすれば木の実とかも取ってきてくれるんだよ」

「すごい！　見たい！」

「いいよ」

下ろしてもらったリスへと少年が何かを囁(ささや)くと、リスがどこかへと駆け出していく。あのリスのモンスター、そんなことができたんだね。面白い能力だ。

『木の実ガチャだな。無料でできるガチャ。なんて甘美な響き』

『いいなあ、無料ガチャ』

『肝心の木の実の使い道は？』

『美味(おい)しいよ！』

「いや微妙すぎるでしょ」

盛り上がるコメントに思わず突っ込みを入れてしまう。無料のガチャは楽しそうだけど、木の実の使い道はかなり限られてるみたいだ。美味しいだけでもいいと思うけど。

リスは一分もせずに戻ってきた。口に何かをくわえていて、それをれんちゃんへと差し出している。見ていて微笑(ほほえ)ましい光景だ。

「あ、あの……」

「もらってあげて。美味しいよ」

少年に促されて、れんちゃんが木の実を受け取る。れんちゃんがリスを撫でると、リスも心なしか嬉しそうにしていた。なんだろう、この、癒やし空間。頬がにやけちゃう。

「ありがとうございました！」

少年にお礼を言って、リスをまた一撫でして次に向かうれんちゃん。私も少年に会釈すると、少年は少し照れたようにはにかみながら頭を下げてくれた。

次にれんちゃんが向かったのは、驚いたことに蛇のモンスターだ。蛇をテイムしているのは、私よりも少し年上に見える女の人。女の人は目をまん丸にして驚いていた。もちろん私も驚いた。

確かにれんちゃんは生き物が好きだけど、それでもやっぱりもふもふしている子の方が好きだと思っていた。まだもふもふはたくさんいるのに、蛇を選ぶなんて。

「あの、この子、さわってもいい？」

「え、ええ。もちろん」

女の人が慌てて返事をしている。足下でとぐろを巻いてる蛇にれんちゃんが触れると、蛇は体を持ち上げてれんちゃんを見つめ始めた。威嚇かな？

「ええっと。れんちゃん、よね？」

「はい！　れんです！」

「撫でてあげると、その子も喜ぶから」

早速れんちゃんが蛇を撫で始める。なんだか気持ち良さそうなお顔。蛇なのに。

「わあ。すべすべ……」

「気持ちいいでしょ？　撫でたら落ち着くのよ。うふふふふ……」

「あ、えと、はい」

珍しいことにれんちゃんがなんだかとっても微妙な表情だ。そして何故(なぜ)私を見る。なにかな、私と同類だとでも言いたいのかな？　怒るよ？　怒っちゃうよ？

「おねえちゃんみたい……」

やめて。本当に言われると怒るよりも前にへこむから。

その後もれんちゃんはいろんな人のモンスターと触れ合った。特にれんちゃんがあえて最後に残していた人、そのテイムモンスターには興味津々だったようだ。

「どら！　ごん！　だー！」

緑色の、いかにもなファンタジーのドラゴン。正直私も気になってた。

『おいおい。ドラゴンって、こいつ前線組か？』

『現時点でドラゴンはストーリークリア後の高難易度ダンジョン限定だろ』

『なんで都合良くそんなやつがいるんだよ』

視聴者さんたちも困惑してる。私も困惑してる。ここに集まる人は戦闘なんてどうでもいい、テイムモンスターを愛でたい人がほとんどだ。こんな、いわゆるガチ勢が来るような場所じゃないはずなんだけど。

「いや、その、なんだ。俺はれんちゃんの配信を最初から見てたんだけどさ」

「わあ！　ありがとうございます！　じゃあ、もふもふ好き!?」

「いや、もふもふだけど、どっちかというとそれに癒やされる二人を見るのが楽しみだったよ」

『わかる』

『むしろここにいるほぼ全員がそうだと思う』

私もれんちゃんを自慢したいがための配信だからね。満足な感想です。れんちゃんは首を傾げてたけど、れんちゃんはそのままでいてね。

「でさ、俺のこいつを、是非ともれんちゃんに自慢したくて。なんせ、俺のフレはみんなこいつを戦闘力でしか見ないからさ……」

『あっ（察し）』

『ああ、うん。その、落ち込むな』

『ペット自慢には不向きな連中ばっかりだもんなあ……』

　前線組と呼ばれる人はそれはもう戦闘大好きな変態さんたちだ。バトルジャンキーばっかりだ。ドラゴンを見て思うのは、多分かっこいいとかそんなことより、強そう、になると思う。

「自慢したくて、そろそろかなと思って、待機してました。すみません」

「そうなんだ！　会わせてくれてありがとうございます！　あのね、触ってもいい？」

「うん。もちろん」

　れんちゃんがそれはもう嬉しそうにドラゴンに触る。ぺたぺたなでなで。そんなにいいものなのかな？　私はふわふわな子の方が好きだから、よく分からない。

「れんちゃんはドラゴンも好きなんだね……。生き物が好きらしいから分からないでもないけど、そこまでの反応はお姉ちゃんは予想外です」

「だってドラゴンだよ！　かっこいいんだよ！　ぐわーって！」

「ぐわーとは」

『ぐわー』

『意味が分からないけど大好きは分かった』

「だってだって！　男の子の憧れだよ！」

「うん。そうだね。でもれんちゃんは女の子だね」

「男の子も女の子も関係ないの！」

「あ、はい。……男の子のくだりは必要だったの……？」

『興奮しすぎて勢いで喋（しゃべ）ってるんだろうなあｗ』

『これはこれで、いい』

『まあドラゴンは初めて見ただろうしなｗ』

なるほど、それもあるのか。もふもふはディアやラッキーで堪能してるものね。初めて見るドラゴンに興奮する、というのは分かるかもしれない。

「ちなみに、背中に乗せてもらえるよ。飛べる」

テイマーの青年の発言に、れんちゃんの目が輝いた。すごいすごいと大はしゃぎだ。確かにプレイヤーを乗せて飛べるモンスターなんて聞いたことがない。このドラゴンが初めてなのかも。

「乗ってみる？」

青年の問いに、れんちゃんはすぐにぶんぶんと首を縦に振った。


というわけで、ファトスの外に来ました。

青年がドラゴンに専用の鞍（くら）を取り付けて、れんちゃんを乗せてくれた。れんちゃんのわくわくが私にまで伝わってきそうだ。

『いいなあ、俺も乗りたい』

『ドラゴンのテイムってやっぱり難しいのか？』

ああ、それはちょっと気になる。れんちゃんも気になってるだろうし、聞いてみようかな。

「ドラゴンのテイムって難しいですか？」

というわけで聞いてみました。

「いや、ごめん、実は分からないんだ」

「分からない？」

「うん。たまたま見かけて、たまたま持っていたエサをあげたら一発でテイムしちゃって」

『なんという豪運』

『前線組の私、ドラゴンのテイムに失敗すること千回以上』

『あー……。どんまい……』

『いじれよぉ！　慰められると泣いちゃうじゃん！』

まあ、つまりはそれだけ確率が低いってことだね。千回やってもテイムできないってよっぽどだと思う。よくやるよ。

「れんちゃん。騎乗スキルは持ってるかい？」

「持ってる！　げーむますたーさんのおすすめ！」

「え……？　どうしてゲームマスターが？」

「あ、言ってなかったね。れんちゃんは小学生ということで、初期設定はゲームマスターがサポートしてくれたんだよ」

「ああ、なるほど。さすがと言うか、いい選択だね」

まったくだ。騎乗スキルがなかったら、そもそもディアに乗れなかったと思うし、さすがは運営の人だね。片手剣なんて取らなくてよかったと今なら思う。

「それじゃあ、補正がかかるから落ちることはないから安心していいよ」

「なかったら落ちるの？」

「落ちる。落ちた」

『経験談かｗ』

『すっごく怖そう……』

『想像しただけで、ちょっと、むずむずする』

「あれだね、いわゆる玉ひゅんだね」

『女の子が言っていい言葉じゃないからな!?』

それは失礼。

さてそんな話をしている間に、あちらの準備は終わったみたいだ。青年がこちらに駆け寄ってくる。……あ、出発前にやることが一つ。

「れんちゃん！」

「なあに？」

「光球、れんちゃんを追うようにしておくから！　楽しんでくるんだよ！」

「はあい！」

『おお！　助かる！』

『空からの景色とか初めてじゃないか!?』

『これは良い判断。ミレイやるな！』

「むしろ私が見たいだけだよ。あとで見るから」

『納得したw』

お、ドラゴンが走り始めた。れんちゃんいてらー！

・・・・・

さて、空の旅を始めたれんですが。

「たかーい！　こわーい！　あははははー！」

テンションうなぎ登りの天井知らず。ひたすらに笑っています。これでもかと笑っています。

あっちこっちを見て笑顔を振りまいてます。

『すごい景色！』

『やばいなこれ。楽しそう。でも怖そう』

『れんちゃんのテンションが完全にぶっ壊れてるｗｗｗ』

だってとっても楽しいですから。

「みゃー！」

『何故猫ｗ』

「わんわん！」

『落ち着けれんちゃんｗｗｗ』

『気持ちは分かるがｗ』

楽しい。とても楽しいです。れんは今、風になっているのです！

「たーのしぃー！」

『れんちゃんｗｗｗ』

『ここまでテンションの上がったれんちゃんは初めてではｗ』

『れんちゃんの病気を知ってると、涙が出そうになる』

『おいばかやめろ。触れないようにしてるんだから』

「生きてるだけで嬉しいっておねえちゃんは言ってくれるのー！」

『ミレイ……』

『いや、うん。よくネタにするけどさ。やっぱりいいお姉ちゃんだと思うよ』

『本当にな』

それはれんも知っています。誰よりも、両親よりも、れんが一番知っているのです。

「おねえちゃんはねー！　わたしの、自慢の、大好きなおねえちゃんなのー！」

『そっか』

『どうしよう。ちょっと泣きそう』

『本当に、いい姉妹だ』

「でもたまに気持ち悪いのー！」

『れんちゃんｗｗｗ』

『もう色々と台無しだよｗｗｗ』

『草ｗ』

『草に草を定期』

『ちょっとは反省しろミレイｗ』

空の旅を楽しみながら、れんはコメントさんたちと楽しくおしゃべりするのでした。

・・・・

そして私は膝を突いていましたとさ。

「きもちわるい……きもちわるいて……」

「いや、うん……。その、何て言えばいいか……。ほら、お姉ちゃんが大好きって言ってくれてたじゃないか」

「そうだけど……。ぞうだげどぉ」

「ガチ泣きじゃないか……」

れんちゃんの言葉の前半がなんかもうとっても嬉しくて涙腺にきて、そして後半で落とされてもう感情がぐちゃぐちゃだよお！

「ひぐ……。あ、そうだ、フレンドになろう……。たまにでいいからドラゴンに乗せてあげて……」

「あ、うん……。それぐらいでよければ」

泣きながらフレンド登録。フレンドリストにエドガーという名前が登録された。今度は私も乗せてもらいたいところだ。ということで。

「エドガーさん。次の機会でいいので私も乗りたい」

「ん？　別に今でもいいよ？」

「そろそろ配信を終える時間なの。配信が終わったらぱぱっとお片付けをして、れんちゃんが落ちるのを見届けないといけないからね。時間超過は病院に怒られるので」

「病院……」

エドガーさんが神妙な面持ちになる。そんな顔をしないでほしいんだけどね。なにせ、れんちゃん自身がそれほど気にしてないから。

「れんちゃんがあんまり気にしてないから、エドガーさんも気にしなくていいよ。むしろ気にするとれんちゃんが困るかも」

「そう、か……。気をつける。……ああ、戻ってきたよ」

あ、はやいかも。

エドガーさんに言われて空を見ると、真っ直ぐにドラゴンが落ちてくるところだった。垂直に。怖くないかなあれ!?

そんな私の心配なんて知らないとばかりに聞こえてきたのは、

「あはははは!」

れんちゃんの楽しそうな笑い声。うん。楽しそうで何よりです。

ドラゴンは地面の直前に一瞬だけ浮かぶと、ゆっくりと着地した。

「ただいまー!」

うわあ、まさに満面の笑み。とても、とっても、機嫌がよさそうだ。

「おかえりれんちゃん。楽しかった?」

「楽しかった! びゅーんが空でぐわーなの!」

「なるほど、まるでわからん」

まあそれでも、すごく楽しかったというのはよく分かった。私としても、すごく嬉しい。でも少し心配なのは……。

「おねえちゃん、おねえちゃん」

ドラゴンから下りたれんちゃんが私の元に駆け寄ってきて、私の服をつまむ。とても、とても嫌な予感がする。

「わたしも、ドラゴンと友達になりたい！」

ですよね、そうきますよねー！　エドガーさんまで表情が引きつってるじゃないか！　やめなさい、その、俺やらかしちゃいましたか、みたいな顔やめなさい！

「そ、そっか。うん。どうしようかな……」

このゲームにもメインストーリーというのがあるんだけど、その第一章を全てクリアして初めて挑戦できるエンドコンテンツの一つに高難易度ダンジョンがある。ドラゴンが出てくるのはその高難易度ダンジョンだ。

つまりは、れんちゃんは行くことはできない。

でもなあ……。できれば、会わせてあげたいよね。この期待の眼差し、裏切りたくないよね。

「れんちゃん、ちょっと待ってもらっていい？」

「うん」

不思議そうに首を傾げるれんちゃんに愛想笑いをしつつ、光球をこちらに戻して振り返る。コメントのウィンドウを小さくして、と。

「助けて」

『言うと思ったｗｗｗ』

『あのきらっきらな目は裏切れないよなｗ』

『言うて、あのダンジョン以外にドラゴンなんて出てこないぞ』

『ワイバーンなら出てくるけど……』

「あんなにドラゴンに喜ぶれんちゃんだよ？　期待してたのに出てきたのがワイバーンだったら、がっかりするでしょ」

『だな』

『それは俺らとしても見たくない』

『いやでも、マジでドラゴンなんてどこにもいないぞ』

やっぱりだめか。いや、まあ私も無茶ぶりがすぎるとは思う。正直に、れんちゃんに話すしかないかな……。

そう思い始めたところで、そのコメントが流れた。

『いや、ドラゴンならいるだろ』

は？

『どこにだよ。エリアボスにすらいないのに』

『第一章最終ダンジョンの最後で否応(いやおう)なく戦うじゃん』

「あ」

『あ』

『あ』

盲点だった。盲点だった、けど。いや、でも……！

「あれはだめじゃないかなあ!?」

ストーリー第一章のラストの最終ダンジョン、そのボス。つまりはラスボス。私もまだ見たことはないけど、動画とかでその姿は知ってる。れんちゃんがイメージしているような鱗のドラゴンじゃないけど、確かにドラゴンだ。

ただし、でかい。冗談抜きででかい。れんちゃんが乗ったあのドラゴンが赤ちゃんだと思うほどにでかい。豪邸レベルの大きさだ。

まあそのサイズよりも、理不尽なほどの強さの方が有名だけど。ストーリーで味方にかけられるバフ特盛りでもぎりぎりの戦いだし、そもそもとして倒しきることを想定していないボスだったりする。

『ストーリーは見れないけど、最終ダンジョンに同行するだけならストーリーをやってないプレイヤーでも行けるはず』

「んー……。ということは、最終ダンジョンに挑戦する視聴者さんに協力してもらえばいいのかな」

それなら、誰か一人ぐらいは、と思ったんだけど。

『ぢぐじょう……！　もうクリアしちまったよ……！』

『俺は何故急いでクリアなんてしてしまったんだ……』

『ストーリー攻略中だけど、最終ダンジョンはかなり先かな……』

もしかしなくても、誰もいないかもしれない。どうしよう。

『ミレイちゃんミレイちゃん』

「はいはい。アリスかな？」

『私、もう少しで最終ダンジョン！』

「え」

『うっそだろｗ』

『お前まだクリアしてなかったのかよｗｗｗ』

いや、うん。ちょっと驚いた。アリスならもうクリアしてると思ってたよ。顔の広いアリスなら、協力者はいくらでも見つかるだろうし。

『うん。そうなんだけど……。依頼で忙しくて……』

「あー……」

『心当たりがありすぎる』

『正直すまんかった』

アリスに服や防具を作ってもらおうって人は多いからね。その依頼にかかりっきりになって、途中で止まってたってところかな。

「でも、それだと今からでも厳しくない？」

『うん。だから一週間ほど待ってほしいかな。新規依頼を休止して、さくっと終わらせるから』

「いや、それはちょっと、悪いというか……」

『むしろ私が行きたいから！　お願いだから！』

「あ、はい」

そこまで言ってくれるなら、アリスにお願いしようかな。れんちゃんも、初めて会う人よりもアリスと一緒の方がいいだろうし。

「決まりだね。とりあえずれんちゃんに説明して、待ってもらうようにするね」

『がんばえー』

「気の抜ける言い方だなあ……」

さて、と振り返ると、何故かれんちゃんがしょんぼりしていた。その隣にはおろおろと慌てるエドガーさん。これは、話しちゃったかな？

「どうかしました？」

念のために聞いてみると、エドガーさんが申し訳なさそうに眉尻を下げた。

「いや、ごめん。せめて説明だけでもと思って、ダンジョンのこととれんちゃんは入れないってことを伝えたんだけど……」

「ああ……。落ち込んじゃった、と」

「うん……。その、本当に、申し訳ない……」

「あはは。まあ、大丈夫です」

さすがにこれでエドガーさんを責めようとは思わない。説明だけでもしてくれただけ有り難いからね。おかげで時間の短縮ができるというものさ。

「れんちゃん」

「うん……」

ああ、でも、しょんぼりしちゃってる。こう、しょぼーん、て。

「しょんぼりしてるれんちゃんもかわいいなあ」

「おねえちゃん?」

『草』

『お前ほんといい加減にしろよ?』

『いつかれんちゃんに心の底から嫌われるぞ』

それは困る。こほんと咳払(せきばら)いして、改めて言う。

「ドラゴンだけどね。エドガーさんと同じドラゴンは、ちょっと会いに行くのは難しいの」

「うん……」

「でも、違うドラゴンなら、時間をもらえれば会いに行けるよ」

「え！」

れんちゃんが勢いよく顔を上げて、エドガーさんも目を丸くした。やっぱりエドガーさんも思い至っていなかったみたいだ。いや、すぐにあれが思い浮かぶ方がおかしいと思うけど。

「一週間ほど、待ってもらえる？　とびっきりのドラゴンに会わせてあげる」

まあ私が、じゃなくてアリスが、だけどね。アリスには頑張ってもらおう。私も協力できることがあれば、もちろん何でもやるつもりだ。

「だから、ちょっとだけ待っててね？」

「うん！」

私の言葉に、れんちゃんは嬉しそうに頷いた。

いつもの配信の直前、私は山下さんに呼び出されて、へんてこ空間に来ていた。なんと山下さんの個人用アカウントの、山下さんのホームだそうだ。

何がへんてこかと言うと、何もない。それに尽きる。

「こんなホームが作れますって見本を見せてくれたゲームマスターの個人用とは思えない」

「あちらはほとんど制限なく、プレイヤーが手に入れられるものなら何でも使えましたから。こちらは個人用なので自分で手に入れないといけません。そしてそんな時間はありません」

「も、もしかしてブラックですか……」

「ご想像にお任せします」

うわあ……。どんな企業にも黒いところはあるとは思っていたけど、運営さんも真っ黒だったんだ。個人でゲームも楽しめないとか、私なら耐えられない。

私が知られざる運営の闇に戦いていると、山下さんが小さく噴き出した。

「ごめんなさい。冗談ですよ。単純に、仕事が終わってから、もしくは休みまでＡＷＯをしていると、休んでいる気がしないためです。オフの時は食べ歩きがメインになっています」

「ああ、なるほど……。太りません？」

「…………」

「ごめんなさい！」

こわい！　笑顔なのに目が笑ってない！　山下さんにとっての地雷らしい。この話題は封印しよう。

「本題ですが」

こほん、と咳払いをしてからの山下さんの言葉に、私は背筋を伸ばした。

「投げ銭の申請が通りました。本日から利用できます」

「本当ですか!?」

「はい。ただし、他の方と違い、現金が入金されることはありません。ミレイ様のアカウントのゲームコインとして扱われます。また、要望の通り、ミレイ様のアカウントには一つだけ特別なメニューを入れておきましたので、適時ご利用ください」

「了解しました！」

投げ銭は、視聴者さんが配信者にお金を支払うシステムだ。これをしないと配信が見れなくなる、なんてこともなく、まあ寄付みたいなものになる。金額も百円から三万円までで、視聴者さんの好きなようにできるというもの。

投げ銭の一割は運営さんに支払われて、九割が配信者さんの利益になる。本来なら通帳を登録して月に一回そこに振り込まれることになるんだけど、私は未成年で、なによりもれんちゃんがいるということで、全額ゲームの課金アイテムを購入できるコインになることになった。

私としては文句なんてない。別に儲けたいから投げ銭に申請したわけじゃないし。いや、ある意味で儲けたいから、なのかな……？

実は山下さんにお願いして、ゲームコインから寄付できる項目も特別に導入してもらったのだ。ここから寄付すれば、れんちゃんの病気の治療や研究のためのお金にすることができる。今回の投げ銭の主目的がこれだね。もちろんれんちゃんがゲームを楽しむためにも使わせてもらおうとは思ってるけど。

本当なら、最初はこんな寄付とか分かりにくいことをするつもりはなかったんだけどね。でも、楽しそうなれんちゃんを見てたら、やっぱり思うんだ。仮想世界じゃなくて、ちゃんとした現実世界で、あの暗い部屋から連れ出してあげたいって。何も気にせず、動物園とか連れて行ってあげたい。でもそれには、病気の治療が不可欠だ。だから、特別に寄付の項目を作ってもらった。

間違ってもれんちゃんには言えないけど。絶対に気にするだろうから。

とりあえず、視聴者さんに報告しないとね！

「というわけで、投げ銭解禁だー！」

『おめ！』

『申請してたのかｗ』

『早速……できねえぞ？』

「あ、説明させてください。それまで止めてます」

いきなりすぎるでしょこの人たち。念のために止めててよかった。

『れんちゃんがディアの上で何か読んでる』

「あ、うん。投げ銭についての説明文。私がみんなに説明してる間に、れんちゃんは基本的なお勉強です。……ごろごろれんちゃんかわいい。うえへへへ」

『誰かこいつをどうにかしろよ』

『できるわけがないんだよなあ……』

『ミレイちゃん、早く説明しよ？』

怒られてしまった。反省はしないけど！

「まず投げ銭は手数料を除いて、課金アイテムを買えるゲームコインになります」

『ほう』

『なんで？』

「私が未成年っていうのもありますけど、それ以上にれんちゃんがいますから。あまり現実のお金に直結させるのはよろしくないのでは、とのことで」

『気にしすぎだと思うけどな』

「まあ私も、れんちゃんは賢いので心配しすぎだと思います。でも私自身お金稼ぎしたいわけじゃないので」

『そうなん？　せっかく登録者数も視聴者数も順調なのに』

『上手(うま)くやれば配信で生活できるぞ』

それは、まあ。考えなかったと言えば嘘(うそ)になる。確かにとても順調に、どころか順調過ぎるほどにどちらも増えてるけど、でもだからといってそれで生活できるとも思えない。

不安定過ぎる、いとも簡単に稼げなくなる、というのもあるけど、それ以上に。

「これはれんちゃんのための配信だからね。みんなも、れんちゃんに会いに来てると思うし。だからこの配信での投げ銭は、れんちゃんのために課金アイテムとか買っちゃいます」

『把握』

『了解ー』

とりあえず納得はしてもらえたらしい。荒れなくて安心した。

「それに、私にも将来の夢があるわけで」

『へえ。何になりたいの？』

「保育所とかで働きたいなあって……」

『よせ。やめるんだ！』

『お前が？　冗談は寝てから言わないと誤解するだろ？』

『保育所の子供たち、逃げて！』

いや、ひどくないかな!? 私のれんちゃんへの接し方が原因っていうのは分かってるつもりだけど、それでもあまりにひどいと思う！

「いやいや、確かに子供はかわいいけど、そういう意味じゃないからね!?」

『誤魔化さなくてもええんやで？』

「誤魔化してないから！」

確かにれんちゃんがきっかけにはなったけど、それが全ての理由じゃない。ただ、れんちゃんと触れ合って、子供の相手が意外と楽しかった、ただそれだけ。それだけなんだってば。

残念ながら私の説明は、分かってる分かってると流されてしまった。折を見てちゃんと説明しないと……！

『使い切れなかったコインはどうすんの？』

「ああ、それらは寄付です」

メニューを操作して可視化する。そうしてから、課金アイテムの購入ウィンドウを出した。他の人にはない、私だけの特別メニューが商品一覧にあるのだ。

それを指し示すと、案の定、視聴者さんたちは困惑していた。

『寄付って、こんな項目あったか？』

『今確認してみたけど、ないぞ？』

『こちらも同じく。ミレイちゃん、それってなに？』

「これは私だけの特別メニューです。れんちゃんの病気の治療で寄付金を募ります。そこに募金しますよっていう項目。余ったらこっちに入れるので、無駄なくれんちゃんのために使われます」

『徹底してるなあｗ』

『ほほう。つまり、れんちゃんのための募金目的で投げ銭するのもあり?』

「ありです。その時は言ってくれれば、その金額先に募金します。そしてとても助かります。その、れんちゃんにはあまり言えないけど、結構お金かかるからね……」

『だろうな』

『れんちゃんのための医療費になるなら、投げ銭してもいいかなって思える』

『待て。待ってくれ。れんちゃんって何か重い病気なんか?』

ああ、そっか。まだはっきり知らない人も多いんだね。どうしようかな。今後もまた聞かれるだろうし、何か用意した方がいいかも。

『ミレイさん。有名配信者をまとめてるホームページにれんちゃんのことも書かれてますよ』

「え。なにそれ。ほんとに?」

『マジだぞ』

『視聴者二千人超えがまとめられないわけがないんだよなあ』

『れんちゃんについても分かってる範囲で書かれてるから、何度も説明するのが面倒ならＵＲＬ載せておくのもいいかも』

『ちょっと見てくる』

『いてらー』

『ふるいｗ』

　ちょっと、びっくりした。私もそういったまとめサイトがあるのは知ってたけど、まさか私たちのことまであるとは思わなかった。有り難いような、恥ずかしいような、複雑な心境です。あとで確認してみようかな。

『見てきた。命に関わることではなさそうだけど、普通に重い病気じゃん』

『この病気の子がれんちゃんとか、まじかよ』

『よしお前ら調べたな？　れんちゃんのために投げ銭しろよ！』

「無理強いだめ、絶対。れんちゃんが知ったら怒るからね」

『あ、はい。気をつけます』

　十分に気をつけてほしい。……いや、何様だよとか言われそうだけどさ。れんちゃんが悲しそうにするからね。

「あの子は、自分のために誰かが無茶をするっていうのを、すごく嫌がるから。私たちは気にしないのにね……」

『ミレイ……』

「もっとれんちゃんのために働いてれんちゃんにほめてもらいたい。なでなでしてほしい。是非に」

『ミレイｗｗｗ』

『お前はほんとにさあ！』

『イイハナシダナー』

いや、まあ冗談だけどね。さすがにね。

ともかく、これで説明は以上だ。というわけで、

「投げ銭解禁だー！」

ぽちっとな！

…………。いや、馬鹿なのかこいつら。

「とりあえずいきなり三万円ぶちこんだ人の頭がちょっとおかしいのは理解した」

『辛辣ぅ！』

『ひでえｗｗｗ』

『まあまあ、数人ぐらいはそういう人もいるよ』

「ちなみになんか五十万コインになりました」

『多すぎぃ！』

『うんごめん。ミレイに同意するわ。馬鹿かお前ら』

『うっせ。そう言うお前も投げたんだろ？　言ってみ？』

『は？　上限三万に決まってんだろ』

『お前も馬鹿じゃねーか！』

いやさ。ほんとにさ。私はどうすればいいのかな。え、いや、ほんとに。なにこれ。五十万って、え。どういうことなの。

「な、なにこれ。私どうしたらいいの？　え、脱ぐ？」

『落ち着いてミレイちゃん！　そういうのじゃないから！』

『お前らがいきなりアホなことしたせいでミレイが壊れたぞ！』

『え？　最初から壊れてね？』

『確かに』

ひどい。

いや、でも、なにこれ。まだ増えるんだけど。ええ……。

『慌てなくても、初回ブーストだと思えばいい。俺もさすがに毎日投げ銭できるわけじゃないし』

『そうそう。余ったコインは募金だろ？　是非とも医療費に回してくれ』

「うん……。いや、でも。ごめん。ちょっと。本当にありがとうございます」

ただの同情。そうかもしれない。でも、それでも、実際にお金を出してくれる。それがどれだけ有り難いことか、安っぽい言葉よりも、よほど価値がある。

ん……。ちょっと限界。

「れんちゃんれんちゃん」

今日はお話があるからとディアたちと遊んでもらっていたれんちゃんを捜す。うん。もふもふに囲まれて幸せそう。和む。

「おねえちゃん？　どうしたの？」

「ちょっと……。ぎゅー」

「わわ……！　お、おねえちゃん？」

ん……。すごいよね、このゲーム。ちゃんと、れんちゃんの温もりを感じる。うん。あったかい。

「おねえちゃん……？」

「………。ぐす」

「ん……。よしよし」

撫でてくれるれんちゃんの手が心地良い。本当に、うん。うん。みんな、あったかい。


『これはてえてえ』

『なんか、うん。良かれと思ってやっただけなんだけど……』

『ミレイにとっては大切な妹が当事者だもんな……』


「お見苦しいものをお見せしました」

とりあえず落ち着いたので土下座である！　いやあ、ちょっぴり恥ずかしい！　これは長くからかわれるやつだね！　自業自得だけどさ！

『ええんやで』

『おれらは何も見てない』

『よくあることよくあること』

「う、うん。なんか。優しくされると、ちょっと困る……。いや、ありがと」

からかわれると思ったらなかったことにしてくれた。いい人たちで私はとても嬉しいです。いや、本当に、ね。

「それはともかく！　コインが手に入りました！」

「コイン？」

「そうだよれんちゃんコインだよ！　あー……。たくさん！」

「たくさん！」

とりあえず誤魔化す！　察せられないように！

「つまり！　これで色々するよ！」

「いろいろ？」

「そう！　まずはこれだ！」

テイマー必須の定額課金アイテム！　月千コインでできるマイホーム自動拡張システムだ！

『それを買うとどうなる?』

『色々とあるけど、テイマーなら預けられる数に制限がなくなる。ちなみに初期の上限は二十な』

「そう！　つまりは！　もふもふパラダイスが作れる！」

「もふもふぱらだいす！」

おっとれんちゃんが食いついた！　そうだよね作りたいよねパラダイス！　ホームにテイムモンス百匹も夢じゃないからね！　まあ、連れて歩けるのはさすがに六匹までだけど。

「ちょっと前にウルフ百匹テイムとか、馬鹿なことした配信者もいたよね」

「百匹！　すごく楽しそう！」

「そうだね楽しそうだね、すごくいいアイデアだよね！」

『手のひらクルックルやなw』

『ミレイのお手々はドリルってマ?』

『れんちゃんが全ての中心だから……』

何か文句でもあるのかな、こいつらは。

とりあえずぽちっとな。……うん、まだあんまり違いは出てないけど、この先増やしていけば分かると思う。楽しみだね。

「ただ、引き継ぎの購入を忘れちゃうと一気に減っちゃうんだよね」

『ウルフ百匹の人もそれで絶望してたよな』

『自業自得とはいえ見てて辛かった』

『その後二百匹に増やしたのを見た時は正直頭がいかれてると思いました』

「二百匹！　楽しそう！」

『そうだね楽しそうだねいいアイデアだよね！』

『お前もドリルじゃん』

『うるせえ当たり前だろうが！』

　喧嘩はよくないと思います。とても気持ちが分かるので！

「おねえちゃん、行ってきていい？」

「え？　あ、うん……。ディアと一緒ならいいよ」

「わーい！　ディア、行こう！」

　というわけで、れんちゃんがディアとラッキーを連れて行っちゃいました。ウルフが増えそう。どうなることやら。

「とりあえず忘れたら怖いので、ある程度の引き継ぎ購入をしておこうと思います。いいかな？」

『おk』

『そのコインはもう二人のものだから好きにしたらいいと思う』

『忘れてれんちゃんが泣くぐらいなら賛成だ』

「ありがとー。ではとりあえず十年分ぽちっとな」

『ふぁ!?』

『ええ……』

『いや確かにそれなら安心だけど。安心だけど……！』

まあ私もさすがに買いすぎかなとは思うけど、念のためにね。万が一にもれんちゃんの泣き顔なんて見たくないからね！

「でも半分も使ってない……。うん。有り難いけど投げ銭しすぎだと思うなあ！」

『ほんまになー』

『れんちゃんのためになるなら！』

「有り難いけど……。えっと、あと何か買うものあったっけ。お家周りはれんちゃんに任せるとして……」

『ガチャやろうぜガチャ』

『金にものを言わせてレアアイテムをゲットだ！』

『真面目に言えば、れんちゃんにあの最高レアの卵をプレゼントしてほしい』

「あー……。あれか」

このゲームにもスマホで流行ったゲームのようなガチャがあるんだけど、まあお遊び要素みたいなものだ。最高レアの装備とか、あれば攻略が楽になるけど、なくても別に問題ない、という程度のもの。

その程度のお遊び要素だから、確率もお察し。最高レアが出る確率はわずか一パーセントで、最高レアそのものも二十種類ある。まあ正直、狙ったものはまず出ないと思った方がいい。

一応いわゆる天井は設定されていて、百回、一万円で必ず最高レアは出るようになってる。でもピックアップとかはなし。

最高レアの卵というのは、テイマー向けのアイテムで、正式名称は幻獣の卵。孵化させることができれば、ユニコーンやカーバンクルといった、普通ではまだテイムできないモンスをテイムできるらしい。

でも、今のところ取得報告はユニコーンの一件のみだから詳細は分からないんだよね。

「んー……。きりがなくなりそうだし、一日十回ずつやっていくね」

というわけでぽちっとな。

『わくわく』

『他人のガチャってなんでこんなに楽しいのか』

『自分の金がかかってないからだろ』

『よく考えなくても最低だな！』

「はいはい。結果発表！　クズアイテムです本当にありがとうございました」

『ですよねーｗ』

『知ってたｗ』

『まあそんな甘くはねーわなｗ』

いきなり最高レアが出る方がおかしいから、こんなものだ。まあそのうち、何かくるだろう。

ところで、だ。さっきから、妙に楽しいことが起きてるんだけど。光球をそちらへ向けまして。

「ねえ、あれってなんだと思う？」

『続々ウルフが入ってきてる』

『前触れなく急に出てくるんだな』

『これってもしかしなくても』

「れんちゃん、だろうね……」

なんだろう。ウルフに囲まれながらわしゃわしゃもふもふしつつエサをあげてるれんちゃんを容易に想像できる。ここは本当にもふもふパラダイスになりそうだ。楽しそう、だけどさ。

その後ののんびりとウルフが出てくる様子をみんなで眺めていたら、百匹ほどでれんちゃんが戻ってきた。有言実行しちゃったよこの子。

「おともだちたくさん！」

「うん。そうだね」

『ミレイの目が死んでる……』

『なんか、すごい光景になったな……』

『自動拡張はちゃんと働いてるな。ウルフの住処（すみか）なのかちっちゃい森もできてる』

ああ、ほんとだ。森、というか林？　みたいなのができてる。ウルフたちはみんなでそっちに行くみたいだ。なるほどこうなるのか初めて知ったなあ。

「おねえちゃん？」

「なんでもないさー」

とりあえずれんちゃんに与える情報はもう少し考えようと思いました。

サズという街は、初期の街でありながらバトルジャンキーな変態さんたちが拠点にしている街だ。セカンと同じように建物は石造りなんだけど、道は舗装されてなくて、土がむき出し。設定としては、荒くれものがすぐに道を壊しちゃうから、らしい。変なところにこだわるゲームだね。

この街には修練所というものがいくつかあって、そこで武器スキルを習得したり、戦い方を教わることができる。さらには近くにダンジョンもある上に、ストーリーの第一章クリア者だけが入れる高難易度ダンジョンもこの近くだ。だから初心者から上級者まで、バトルジャンキーが集まる。

それよりも何よりも、一番の特徴は街の中央にある闘技場。申請すればプレイヤーが自由に使うことができる大型の施設で、プレイヤー主催のイベントもよくここで行われてる。まあ、ほとんどがプレイヤー同士で戦うシステム、いわゆるＰｖＰの大会だけどね。土地柄だ。

そんな殺伐としてそうな街だけど、別にいわゆる世紀末のような雰囲気はない。それでもやっぱり、粗暴な人も多いとは聞くけど。

そして、もう一つの特徴。上級者の人にも名前が通る有名な生産者さんは、ここに支店を置く。彼らの顧客の多くがここを拠点にしてるから、利便性を考えて自然とここに出すらしい。そしてもちろん、アリスもそれに含まれる。さすがだよね。

というわけで。アリスに会いに来た私は、サズに来ているということです。時間は午後五時半。

れんちゃんに会う前に来てほしいというメッセージが来ていたから、早めにログインした。

アリスに教えてもらったアリスのお店がある場所へとのんびり歩く。シロを連れているせいか、ちょっとだけ目立ってる気もする。バトルジャンキーな前線組にもテイマーはいるはずだけど、初期の草原ウルフを連れてる人はまずいないから、珍しいのかもしれない。

「あ、ミレイだ！」

そんなことを考えながら歩いてたら、私の名前が聞こえてしまった。声のした方を見ると、知らない男の人がにこやかに私を見てる。

「え？　あ、本当だ。どもどもミレイさん！　配信見てますよ！」

「サズにいるなんて珍しい！　どこか行くんですか？　案内いります？」

「うえ!?」

なんか人が集まってきた!?　え、なにこれ。なんなのこれ。ちょっとした有名人になった気分だよ。結構な人数が見てくれてるのは知ってるけど、ちょっとびっくりだよ……！

「ところでミレイさん、れんちゃんはどこですか？」

「あ、いや、今はまだいないよ……？」

「えー。れんちゃんがいないミレイに価値なんてあるの？」

「ないね！」

「煽(あお)りを全力で肯定してくるのはさすがに草」

だって私はれんちゃんと遊ぶ目的でこのゲームを続けてるからね！　れんちゃんがいてくれたら満足です。もふもふをもふもふするれんちゃんを見てるだけで幸せです。

「うえへへへ」

「またミレイがバグってる……」

「うるさいよ」

バグとか言うな。

「ちょっとアリスに呼ばれて来たんだよ。れんちゃんがログインするまでに終わらせたいから、もう行ってもいい？」

「おっと、すんません。配信見てます、応援してます、だかられんちゃんを俺にください！」

「は？　ふざけ……」

「テメエ何言ってんだぶっ殺すぞこの野郎があ！」

「うひゃ」

私が怒るよりも先に、周囲の人が怒り始めた。お、おおう。大乱闘が始まった。だんだんと騒ぎが大きくなって……。

うん。私は何も見なかった。というわけで、さっさと逃げましょう。

「なんてことがありました」

「あの騒ぎミレイちゃん発端なの!?　いいなあ見たかったなあ！」

　無事にアリスのお店にたどり着いたからさっきのことを報告してみたら、どうやら掲示板でも話題になってるらしい。大乱闘はＰｖＰ大会へと形を変えて、闘技場に場所を移してのてんやわんやの大騒ぎ。みんなのりがいいなあ。

　アリスの支店は、二階建ての一軒家。一階がお店と応接室で、二階が急ぎの依頼のための作業場らしい。一階の最初の部屋にはたくさんの服や鎧が並んでいて、アリスが雇ったＮＰＣが店番をしてくれてる。

　お店の奥の応接室は、応接室とは名ばかりのシンプルな部屋。座り心地のいい椅子とテーブル、大きな鏡があるだけの部屋だ。依頼主さんと直接やり取りが必要な時に使う部屋らしい。

「お店って買えるんだね」

「生産者のギルドの特権だね。実際には毎月所有権の競売があるんだけどね。ここみたいな奥まったお店は、意外と安く買えるよ」

「へえ」

　アリスの支店は、大通りから外れた、目立たない場所にあった。それでも、アリスの工房にはたくさんの人が来てる。今もお店側には数人のプレイヤーがいるぐらいだ。

　アリスの人柄と人脈があってこそ、かな。普通の人はこんなところでお店を持っても、閑古鳥が鳴くだけだろうから。

「ところでアリス。用件は？　六時にれんちゃんがログインするから、それまでに終わらせたいんだけど」

「うん。ちょっとお手伝い、お願いしてもいいかな？」

「お手伝い？」

「そう。ラストダンジョンに入るのに、ちょっとしたアイテムが必要でね。次の日曜までに全部集めたいんだけど、ぎりぎり間に合いそうにないの」

そこまで言われたら私でも分かる。つまり、代わりに手に入れてほしい、てことだね。でも、難易度は大丈夫かな。本格的なダンジョンになると、厳しいと思うんだけど……。

「私でもいけそうなところ？」

「むしろミレイちゃんとれんちゃんだからこそ、難易度がとっても低くなるかな？」

「へ？」

どういうことだろう？　首を傾げる私に、アリスはにっこり笑って教えてくれた。

「必要な戦闘は二回だけ。そのうち一回は、れんちゃんなら多分必要なくなるよ」

午後六時。れんちゃんのログイン時。れんちゃんのホームで待ち構えているのは、もちろんだけど私だけじゃなくて。

「よいしょ……、わわ!?」

　ホームにふわりと現れたれんちゃんに、真っ先にラッキーが飛びついた。れんちゃんの顔に真っ直ぐダイブ！　べちっとれんちゃんの顔に張り付いた。

「んむ……。もう……」

　慌てず騒がず、れんちゃんはラッキーを抱き上げると、そのまま頭に載せる。ラッキーはそれはもう幸せそうにだらけきってる。かわいい。どっちが？　どっちも。

　続いて他のウルフやトラたちも駆け寄ろうとするけど、

「おねえちゃん！」

　れんちゃんは真っ先に私の方に来てくれる。ふふん、まだまだお前らには負けないのだ……！

「おねえちゃん？　ちょっと顔が気持ち悪いよ」

「ひどい」

　その暴言は私にきく……！

「悪い子にはお仕置きしちゃうぞ！」

「わわ！」

　れんちゃんを抱き寄せてくすぐりだ！

「そんなことがありました」

『お前は！　なぜそれを配信しなかった！』

『報告だけとか、ちくしょうめえ！』

『ミレイちゃんの人でなし！』

「ええ……。そこまで言われるようなこと……？」

まさかの罵詈雑言の嵐に私の方がびっくりだよ。

『で？　今はどこにいるんだ？』

「ああ、うん。セカンの東にあるカルデネ平原に移動中。で、私がいる場所だけど」

光球に少し離れてもらう。するとすぐに私がどこに、というより何の上にいるのか分かるはずだ。

まあ、つまり。

「ディアに乗ってます」

『おお。草原ウルフに乗れるぐらいだからもしかしたらと思ったけど』

『ボスも同じなんだな。羨ましい』

ああ、ディアに乗れるって知らない人もいるんだね。配信では最初しか乗ってないからかな。れんちゃんがテイムした子だし私も最初は無理かなとは思ってたけど、頼んでみるとあっさり乗せてもらえた。れんちゃんが受け入れてくれてるから、かな？

そんなれんちゃんは、ディアの上でごろごろしてます。ごろごろー。

「ごろごろー」

『いや、危なくないかそれ!?』

『止めろよミレイ、お前保護者だろ!』

「いやあ……。騎乗スキルの補正ってかなり大きいみたいで……。あれでもまだ落ちないみたい。落ちる、と思っても透明な壁がある感じで停止しちゃう」

『まじかよ』

『想像してみた。シュールすぎるだろ……』

「思わずバグ報告しかけたよ」

騎乗スキルの存在を知ってても、バグにしか見えなかったからね。というより、実際に山下さんにバグ報告のメッセを送っちゃったし。すぐに返事が来て、騎乗スキルの仕様です、て答えられちゃったけど。

『ところで、東に何の用なんだ?』

「アリスのお手伝いだよ。ラストダンジョンに入るために必要なアイテムを取りに行くの」

『ああ、カンクルか』

「そうそれ」

このカンクルっていうのは、セカンの東にある古代遺跡に住むモンスターらしい。モンスターっていっても、NPCらしいけど。そのカンクルに気に入られるか、もしくは試練に打ち勝てば、お守りみたいなアイテムがもらえるんだって。

効果は全ステータスがちょっとだけ上がるっていうもの。効果そのものは微妙なんだけど、それをもらう時にカンクルから世界の成り立ちを教えてもらえるんだとか。そしてそのお守りが、ラストダンジョンの挑戦に必要ってことだね。

「まあ悪いとは思うけど、興味は一切ないです」

『おいｗｗｗ』

『まあストーリーやってなかったらなｗ』

ストーリーの伏線を回収するという意味では、重要なイベントらしいよ。今日はアイテムのために来てるから、詳しく聞くつもりはないけど。

「不安があるとすれば、試練とかいうやつかな。二回あるんでしょ？」

『だな』

『正確に言うと、会う前に一度、強制の戦闘イベントがあるってやつだな』

「ふむう……」

アリス曰く、大丈夫らしいけど。それでもやっぱり心配だ。もう少し戦闘スキルを上げておけばよかったかな……。

「おねえちゃんおねえちゃん！」

「ん？」

「おっきいいし！」

えっと……。石か。目印だね。れんちゃんが見ている方、進行方向に視線を向ければ、なるほど確かに大きな石だ。ちょっとしたビルぐらいの大きさの石。あの真下に、祭壇みたいな遺跡があるらしい。

「緊張してきた……」

『ミレイにも緊張する心があったのか』

『むしろ人の心があったのか』

『驚愕の新事実』

「追放していい？」

『さーせんしたああ！』

『ごめんなさい追放だけはやめてください！』

私だって怒る時は怒るよ？　多分。

ちなみに追放っていうのは配信から追い出して、以降の視聴をできないようにする機能だ。迷惑な視聴者さんがいた場合に使う機能で、もちろん私も本気で使うつもりはない。

少しずつ大きな石に近づいて行く。すぐに遺跡も見えてきた。綺麗な円形の大きな祭壇に、東西南北に円柱が一つずつ。何の祭壇なんだろうね、あれ。

『ストーリーで語られるけど。興味あるの？』

「んー……。少し？　だめだと言われたらじゃあいいや、と言える程度には気になるかな」

『それどうでもいいと言うのではｗ』

「そうとも言う」

ストーリーをやる予定があれば、ネタバレ禁止とか言ってもいいけど……。今のところその予定がないから、ね。

『ではそんなミレイのためにストーリー解説だ！』

『遺跡に着くまでに暇つぶしなだけだろこれｗ』

「いや、うん。ありがとう？　ネタバレが気になる人はしばらく画面閉じるかしてね。終わったら言うから」

　ということで、ちょっとだけストーリーを教えてもらいました。

　五十年前、人類のために魔族と戦った二人の勇者がいたらしい。でもなかなか勝てなくて、魔族との戦争は長引いたらしくて。最終手段として、勇者には何も言わずにとある祭壇に呼び出して、なんと儀式の生け贄に捧げてしまったそうだ。

　その祭壇が今から向かう場所で、儀式によって呼び出されたのが第一章ラスボスのドラゴン、始祖龍。この世界が生まれた時から生きてるというすごいドラゴンさんだ。始祖龍は心底呆れ果てながら契約に従って魔族を倒したのだとか。

　でもそこで終わらなくて。勇者の一人が生き残ってしまったらしい。勇者は人類へ復讐するために、また始祖龍を呼び出そうとしてる。それを止めるのが第一章のお話、てことだね。

「人類滅びればいいのでは？」

『それは言わないお約束』

『ちなみに勇者を裏切ったきっかけは、魔族が化けた王様が命じたとか。その魔族も魔族に裏切られたからだとか』

「どろっどろだね!?」

なにその誰も救われない状況。悲惨すぎるでしょ。

「れんちゃんにはまだ聞かせられないお話だね」

「なあに？」

「なんでもないよー。うりうりー」

れんちゃんを捕まえて、お腹をわしゃわしゃする。きゃー、なんて言いながら逃げるれんちゃんをまた捕獲。わしゃわしゃ。

『てえてえに似た何か』

『いい清涼剤だw』

『れんちゃんはストーリーに興味ないの？』

「れんちゃん、ストーリーとか気になる？」

「もふもふは？」

「ぶれないなあ……」

『ストーリーはもふもふ以下だったのか』

『知ってた』

うん。まあれんちゃんの今回の目的も、カンクルっていうモンスターのＮＰＣだからね。この子はずっとそれを楽しみにしてるから。

「かんくるさんってどんな子かな？　もふもふかな？」

「どうだろう」

『れんちゃんはそっちかｗ』

『まあれんちゃんだしな！』

視聴者さんは知ってるんだろうけど、明言を避けられてる気がする。まあ、いいけども。

そんな話をしている間に遺跡に到着。遺跡の中央には大きなゴーレムが居座ってる。もしかして、もしかしなくても、あれと戦えと……？

『そうだぞ』

『遺跡の上でゴーレムを倒すとカンクルが来てくれる』

『お褒めの言葉をもらえるのだ。ちなみにカンクルはこの遺跡の守護者で、遺跡が悪用されないように見張ってるんだよ』

「へえ……」

ということは、やっぱりこの遺跡は重要な場所なんだね。私にとって大事なことは、ゴーレムと戦うことを避けられないことだけど。

『そう言えば、れんちゃんがいるけど、いいのか？　ゴーレムと戦っても』

「無機物だし大丈夫、だよね？」

「……？」

きょとん、と首を傾げるれんちゃん。特に何も言ってこないってことは、大丈夫なんだと思う。ゴーレムと戦うってことは伝えてるわけだし。

多分、ゴーレムに愛嬌（あいきょう）があったり、明確に自我があるような行動をされると、だめだと思う。今はまだ、動き回る石、程度の認識になってるんじゃないかな。

多分、としてそう伝えると、ある程度は納得してもらえたみたいだった。

「それじゃあ、戦ってみようかな。一対一なら、何とかなるかもだし」

『は？』

『強がりはよせ。それなりに強いぞ』

『いつでも助けに行けるぞ！』

それはいいです。

「シロ。おいで」

シロを召喚する。魔法陣から出てきたシロは、

「シロかわいい！」

早速れんちゃんに捕獲された。いや、あの、その子私のテイムモンス……。

『シロの尻尾が激しく揺れるぅ！』

『もう誰が飼い主か分からねえなこれw』

本当にね。でもれんちゃんかわいいからね、仕方ないね。今回だけはちょっとシロに来てもらわないと、私が困るんだけども。

「れんちゃん、ちょっとシロを連れて行ってもいいかな……？」

「うん」

「あら、意外とあっさり」

ちょっとびっくりした。助かるけど。

シロが私の元に戻ってくる。頭と喉元をわしゃわしゃっと撫でると、気持ち良さそうに目を細めてくれる。今日も私のシロはかわいいです。れんちゃんの次ぐらいに。……ねえ、シロ、なんで微妙に不満そうな視線を向けてくるの？　何を感じ取ったの？

「それじゃあ、行ってくるねれんちゃん！　お姉ちゃんのかっこいいところを見せてあげる！」

「いってらっしゃい！」

れんちゃんが見てくれるなら百人力だ！

私が祭壇に上がると、ゴーレムが起動したのが分かった。岩の大きな人形がのっそりと立ち上がる。頭には、怪しく光る目もあった。かっこいい。

「よし……。それじゃ、シロ。久しぶりに頑張ろうか」

シロにそう声をかけると、シロは小さく吠えてくれた。かわいいやつめ。

ゴーレムが緩慢な動作で歩き始めた。確か、このゴーレムは攻撃力と防御力が高い代わりに、動きが遅いタイプだったはずだ。高難易度ダンジョンにはこのゴーレムが複数出てきたりするらしいけど、一体だけなら戦いやすい部類だと思う。特に、私みたいなテイマーなら。

「いつも通り」

シロにそう指示を出すと、シロはすぐに駆け出した。ぐるっと大回りしてゴーレムの後ろ側に向かう。この時にゴーレムがシロを狙ってたら私は自由に攻撃できる。逆ならシロがアタッカーだ。

テイマーの基本的な戦い方だね。

今回は、私を狙ってる。しっかりと動きを見る。このゴーレムの攻撃は腕を大きく振りかぶっての叩きつけか、なぎ払い。攻撃までの動作が長いから余裕で避けられる。やっぱり一対一ならあまり強くないね。問題は、ステータス差がありすぎてなかなか倒せないことだろうけど。

私が攻撃を避けている隙にシロが体当たりや噛みつきで攻撃。ある程度ダメージを与えてシロがゴーレムの注意を引きつける、いわゆるヘイトを集めるとターゲットが移る。アタッカーを交代して、私が剣で斬りつけて攻撃。

そしてまたヘイトを集めて、の繰り返しだ。

『堅実な戦い方だな』

『とにかく攻撃に当たらないことを最優先にしてるのか』

『まあソロだと回復担当いないから、基本ではある』

『しかし面白みがない』

『撮れ高が欠片もない』

『お前らｗｗｗ』

ちらちら視界に入るコメントで好き勝手言われてるけど、まあそれは仕方ない。負けなければいい。

「勝てば官軍だ！」

『なんか最低なこと言ってるぞこいつ』

『これがれんちゃんの姉で大丈夫か？』

『大丈夫だ、手遅れだから』

『大丈夫じゃねえｗ』

『ところでミレイ。こいつは仮にもボス扱いなわけですが』

「ん……？」

『ＨＰ半分以下で行動パターンに変化あるぞ』

「なんて？」

まって。ちらっと見たさっきのコメント、そんなの聞いてないけど⁉

とか思ってたら、シロの攻撃でゴーレムのＨＰが半分を切った。するとゴーレムは一瞬だけ動きを止めて、私を、見た、のかな？　そして。

「うひぇ!?」

はや！　あっぶな!?　すごい勢いでこっちに走ってきた！　さっきまでの緩慢な動作が何だったのか言いたくなるぐらいだよ！　いやいやさすがにこれは、ちょっと……！

『ボスゴーレムのバーサクモードです』

『動きが速くなる代わりに、ターゲットは固定化されます』

『パーティなら上手く盾役がタゲを取っていれば、袋だたきにするだけなんだけどな……』

「ソロだとただただ超強化されただけじゃないかな!?」

ステータスがもうちょっとあれば、殴り合いも選択肢に入るだろうけど、私がそれをやると間違い無く負ける。一人じゃちょっと避けるのも限界だ。シロぐらいにスピードがあれば、避け続けることもできるかも、だけど。

というわけで。

「シロ！」

呼ぶ。それだけでシロは意を汲んでくれる。シロはゴーレムを無視して、真っ直ぐにこっちに駆けてくる。

ゴーレムの攻撃がいよいよ避けられなくなりそうになったところで、シロが私の方までたどり着いて、そして私を蹴飛ばした。一気にゴーレムとの距離が離れる。

もちろんゴーレムは私を狙ったままだけど、多少の時間は稼げる。その間に、剣をゴーレムへと投げた。

「ていやあ！」

剣はゴーレムの顔に突き刺さる。一応弱点、なんだろうけど、ＨＰはちょっと減っただけ。それでも、確かにちゃんと減ってる。

また追いつかれたらシロに蹴ってもらって、今度はシロに剣を回収してもらう。そしてまた蹴ってもらう時に剣を受け取って、投げつけて。ぎりぎり、パターンに入ったかもしれない。薄氷の上で踊ってる気分だけども。

『これは勝てそう』

『無理矢理ハメやがったぞこいつｗ』

『でもこれは時間がかかりそうだな』

「ちなみにテイマーとしての正攻法は、耐久力のある子に耐えてもらって、もう一匹に攻撃してもらうやり方だと思います！」

『草』

『そこは分かってるのなｗ』

たっぷり三十分かけて、どうにかゴーレムを倒しました。疲れた。冗談抜きで疲れた。シロもありがとう。ほらほら、わしゃわしゃしてあげる。エサもあげちゃう。たくさんお食べ。

頑張ってくれたシロをもふもふわしゃわしゃわしゃしつつ、心を落ち着けて。ふむ、と頷く。

「れんちゃん！　私の勇姿は見てくれたかな!?」

『勇姿（逃げ惑う）』

「うるさいよ！」

ちょっと格好悪かったとは思うけど、勝てたことに違いはない！

というわけで、れんちゃんの方へと振り返ると、

「おねえちゃんすごーい！」

ぴょんぴょん飛び跳ねて喜んでくれていた。もうこれを見れただけで私は満足です。むふう。

「満足した。さあ帰ろう」

『おいｗｗｗ』

『落ち受け、まだ終わってないからｗ』

『むしろこれからだろうがｗ』

「えー」

私はもう満足したんだけど。でも、そうだね。アリスも待ってるし、ちゃんとやろう。

手招きすると、れんちゃんが駆け寄ってきた。ぎゅっと抱きしめる。はあ、落ち着く……。

と思ってたらすぐにシロに取られました。寂しい。

「シロもすごかった！　かっこよかった！」

「わふ」

うん。なんで私に褒められた時より嬉しそうなのかな？　ねえ？

ちょっとだけ不満に思うけど、れんちゃんが楽しそうなので良しとしよう。シロをもふもふする
れんちゃんを眺めて、のんびりする。癒やしです。

「そろそろいいかのう？」

「ん？」

聞き覚えのない、そんな声。しかも声は足下から。視線を下げれば、そこには見たことのないモ
ンスターがいた。リスのようなウサギのような、そんな姿。透き通るような青いふわふわの毛の小
動物。そして、額には赤い宝石。

「もしかして……」

「うむ。そう、何を隠そうこの儂こそが……」

「かわいい！」

「むぎゅう」

あ、れんちゃんに捕獲された。

『れんちゃんｗｗｗ』

『名乗りを潰されるとかｗ』

『まあ見た目はすごくかわいいからなあｗ』

そうなんだよね。この子、すごくかわいい。

本人の名乗りがれんちゃんに妨害されちゃったので、視聴者さんたちに聞いておこう。

「で、この子が次の試練の？」

『そうだぞ』

『カーバンクルのカンクルさんだ』

『試練という名のお使いを終わらせたらイベントクリアだ』

「ふむ……」

そのカンクルさんはれんちゃんによって未だにもふもふされてるんだけど。

れんちゃんに抱きかかえられて、あっちこっちをもふもふもふもふ。顎の下をこちょこちょかりかり。カンクル自身も、そこそこ、もう少し下、とか要望言ってるし。

うん。なんだこれ。

「れんちゃん。その、話が進まないので、そろそろ……」

「えー……」

おっと。すごく不満そうだ。仕方ない、ならもう少し……。

「うむう……。幼女よ、よい撫で心地だ……。お主はよいもふりすとになるじゃろう」

「もふりすととは」

『もふりすとｗ』

『カンクルさんが壊れたｗｗｗ』

『小さいながらも威厳のあったカンクルさんはどこへｗ』

ちゃんとやれば、話し方含め、威厳のあるモンスターだったのかもしれない。完全にただの小動物になってるけど。エサいる？　人参あげようか？

『人参をさしだすなｗ』

『カンクルさんはカンクルさんで食ってるしｗ』

『もうめちゃくちゃだよ』

ほんとにね。いやこれ、どう軌道修正したらいいんだろう。

「え」

「うむ。幼女よ。お主のことが気に入ったぞ。どれ、契約してやろう」

「あ、おねえちゃん！　おともだちになった！」

「え」

『おいおいおいおい』

『お友達って、テイムか？　テイムしちゃったのか!?』

『テイムできたんかこいつ!?』

いや、本当にすごいこと起きてる気が。なにこれ。

『落ち着け。確認済みのイベントだ』

『おん?』

『そうなの?』

『カンクルに上手く気に入られれば、二回目の試練はスキップできる上に、一番高いスキルに関係するアイテムをもらえたりできる。テイマーならカンクルがテイムできる。ちなみにカンクルはフィールド専用モンスターでホームには連れていけない』

『まじかよ』

確認済みではあるんだね。アリスはこうなるって分かってたから、二回目はいらなくなるって言ってたのかな。これでいいのかと思わなくもないけど。

『テイムモンスとしてカンクルは強いの?』

『いや、戦えない。フィールドで召喚すると話し相手になってくれるだけ。お楽しみアイテムだな』

『まあさすがに戦えたら文句も多そうだしな』

そうだね。私としては、話し相手で十分だと思うけど。れんちゃんがすごく喜びそう。

「小娘よ」

カンクルが話しかけてきた。そう言えばこのもふもふ、平然と人間の言葉を喋(しゃべ)ってる。これもストーリーで語られてたのかな？

『特殊なアイテムで喋ることができるらしいぞ』

「ちな、カンクル専用な』

「ちっ。奪えないか」

「おい」

「冗談ですよ」

もふもふとおしゃべりとか、れんちゃんが喜びそうだけど、専用アイテムなら仕方ない。心の底から残念だけど。

「小娘よ。なかなかに恐れ知らずじゃのう」

「それほどでも」

「褒めてはおらん」

『カンクルさんが見て分かるほどに呆れてるｗ』

『淡々としたキャラだと思ってたけど、こんなやつだったのかｗ』

「愛されておるのう」

カンクルがれんちゃんに言う。愛してますとも当然じゃないか。れんちゃんは首を傾げてたけど、とことこと私の方に歩いてきて、きゅっと抱きついてきた。かわいい。

「だいすきなおねえちゃん！」

「ほほほ。そうかそうか」

「鼻血出そう」

「ほほほ。大丈夫かこいつ」

『NPCにすら心配されるとかw』

『やっぱりミレイは頭がぶっ飛んでるやなって』

「うるさいよ」

ほっとけ。本当に。

「さて。お主らの目的はこれじゃろ？」

そう言ってカンクルが渡してきたのは、大きな羽。薄い青色の羽で、すごく大きい。でも、なんとなく、神秘的だ。れんちゃんも瞳を輝かせて……。あ、あれは羽の持ち主を想像してわくわくしてるだけかな。うん。

「ほれ。持っていけ」

「え？　あれ？　試練は？」

「よいよい。れんちゃんからだいたい聞いたからの」

それでいいの？　ちょっと拍子抜けだ。もちろん楽な方がいいけど。次も勝てるとは限らなかったし……。ありがたくもらっておこう。

「ちなみに私としては、私が小娘なのにれんちゃんはちゃんと呼ばれているのが疑問です」

『いやだって、ミレイとれんちゃんだぞ？』

『れんちゃんの方が特別に決まってるよなあ？』

「なるほど確かに」

『納得すんなｗ』

いやいや、誰だって分かる理由だったからね。れんちゃんはかわいくて最高だからね。うんうん。

さすがカンクルだね。れんちゃんの魅力がちゃんと伝わって私も嬉しいです。

さて。用事も終わったし、そろそろ帰ろうかな。れんちゃんを見てみると、カンクルをまたもふもふしまくってる。

「えへへ。もふもふもふ……。また会おうね」

「うむうむ。またの。れんちゃんよ」

れんちゃんが喜んでくれてるからいいかな！


カンクルさんに別れを告げて、私たちはホームに戻ってきた。出迎えてくれたウルフやトラたちをれんちゃんがもふもふしているのを眺めつつ、今後のことについて話し合う。

「アリス。見てる？」

『もちろん見てるよ』

「ぎりぎりだったんだけど」

『でも勝てたでしょ？』

「いや、そうだけどさ……」

その謎の信頼は何なの？　結構不思議なんだけど。

『こっちも、何とか間に合いそう。次の日曜日に、ラストダンジョンに挑戦、でどうかな？』

「うん。じゃあ、それで。頑張ろう」

『うんうん』

というわけで、ラスボスのでっかいドラゴンに会いに行くのは日曜日になった。それまでに、もう少し準備しておきたいところ、だね。

配信二十一回目　『れんちゃんとアリスと一緒に始祖龍に会いに行くよ！』

「というわけで、やってきました最終ダンジョン！」

現在、私たちがいるのは真っ暗な草原。草も木も何もかもが黒い漆黒の世界。この世界に居続けるために、カンクルからもらったあの青い羽が必要だったらしい。加護がどうとか、だって。

その世界にぽっかり広がる赤い穴。ここが、第一章最終ダンジョンの入口だ。

そして一緒に行くのはもちろんこの二人、れんちゃんとアリスだ。

「わーい！」

「いえーい！」

無駄にテンションが高い。大丈夫かなこれ。

「今回も一応配信していますが、雰囲気を重視してコメントは全てカットです！　だから何を言っても私たちは反応しないからそのつもりで！」

ぷかぷか浮かぶ光球にそう告げる。今も誰かが何かを言っているかもしれないけれど、残念ながら私たちにその声が届くことはない。ここに来る前に注意事項として伝えたから大丈夫だとは思うけど。

「ミレイちゃんの本気装備はやっぱりすごいね。さすがお金のかかる装備……」

「言わないで……」

私の今の装備はアリスからもらった軽鎧に、指輪をいくつか。この指輪にはステータスの上昇とかダメージの軽減とか、たくさんの付加効果がある。その、なんというか。ガチャの最高レアです……。

いや、違うの。違うんだよ。少し前の配信でね、れんちゃんと一緒に遠出してみるよって言ったらね、れんちゃんを守るならもっといい装備を、みたいな話の流れになってね……。

あれよあれよとガチャしまくりました。気付けば最高レアの指輪が全て揃いました。揃ってから私も視聴者さんたちも正気に戻って、みんなで何やってんだろうと自己嫌悪しちゃったよ。

この指輪、強いは強いけど、やっぱり装備で強くなるのはちょっとなあ、と思うわけです。なのでこの、いわゆる本気装備は、れんちゃんと一緒に遠出するための装備になりました。

ちなみに幻獣の卵はまだ出てない。これが物欲センサー。

「アリスは……弓？」

「そうそう。生産スキルはＤＥＸ、つまり器用さがよく上がるんだけどね、弓のダメージに直結するんだよ。生産職の人に弓士が多いのはそれが理由だね」

「なるほどね……」

「まあそもそもとしてあまり戦わないけどね！」

「だよね」

アリスは誰かが素材を持ち込んでくることの方が多いらしくて、あまり戦闘はしないそうだ。だから趣味スキルばっかり覚えているのだとか。それでも最低限として弓は覚えたらしいけど。

そんなアリスの弓は、アリスの知り合いの職人さん作だそうで、見た目はとてもシンプル。ただの弓にどこまで付加効果を加えられるか挑戦した結果の弓なんだって。ちなみに結果は、現在の最上級装備に引けを取らないものになってるらしい。すごい。

そして本日、というかいつもの主役のれんちゃんは、やっぱりいつも通りのアリスが作ってくれた服だ。違うのは、ブラシ。なんとアリスが素材から厳選して作ってくれた最高級ブラシです。高難易度ダンジョンの素材もたっぷり使われていて、毛先もなめらか、持ち手も柔らかで使いやすいらしい。れんちゃん大喜びでさっそくラッキーをブラッシングしてて、すごくかわいかった。

ちなみにブラシの推定金額は驚きの三百万G(ゴールド)。何を使ったんだろうね。怖くて聞けないけども。

「さてさてれんちゃん！　エサの貯蓄は十分かな!?」

「えっとね。百個セットが百個あるよ！」

「なんて？」

さすがにそこまで持ってるとは思わなかった。アリスも目を丸くしてるし。いや、多すぎでしょ……。

「ディアもラッキーもみんなも、ちょっとずつ好みが違うの。だからいろいろ配合を変えてちょっとずつ増やしてたらこうなったの」

「え、なにそれ。初耳なんだけど」

アリスを見る。首を振られた。どうやらアリスも、エサの好みなんてことは知らなかったらしい。

「エサに種類なんてあるの？」

アリスに聞いてみると、少し考えてから答えてくれた。

「あるにはある、かな……。品質、という項目があるよ。ただ、品質でテイムの確率は変わらないから、何のためのものか誰も知らなかったんだけど……。味、違ったんだあれ……」

「むしろ味あったのか、あれ……」

れんちゃんがみんなに配ってる時、モンスターたちがとても美味しそうに食べていたからちょっとかじったことあるけど、まあ人間が食べられるものじゃなかった。だからこんなものと思うことにしたんだけど……。さすがというか、よく見てるなあ……。

「うん。気を取り直して、行こっか！」

深く考えても仕方ないからね！


このゲームのストーリーでのみ行ける専用のダンジョンは、基本的には何らかのイベントがある部屋が十部屋と、最後のボス部屋の全十一部屋になっている。これに関しては初めから終わりまで一貫していて、例外はこの最終ダンジョンのみ。全十部屋で、十部屋目がボス部屋として扱われているらしい。

昔からのゲーマーさんにとっては物足りないらしいけど、これは仕事をしている社会人に配慮してそうなってるらしい。あまりに長いダンジョンだと、いつまでたってもクリアできずに詰まるかもしれないってことだね。

適正レベルなら一時間前後がクリアの目安だと公式でも書かれていた。

ちなみにストーリー以外のダンジョンだとそんな制限がないどころか、通路に敵が密集してたりするらしい。長さも相応なのだとか。短いダンジョンなら、れんちゃんと一緒に行くのもいいかもしれない。……トラのダンジョンは先に行かれちゃったからね……。

それはともかく、一部屋目です。

「最終ダンジョンは出てくるモンスターはランダム要素なしの固定のみだよ。で、一部屋目は……」

「オルトロス、と。……オルトロスってタコじゃなかったっけ？」

「ミレイちゃん、お父さんが古いゲーム持ってるでしょ。もしくはリメイク」

「なんで知ってるの？」

確かにお父さんが古い家庭用ゲームを持ってて、少し遊ばせてもらったことあるけど。

オルトロス、と赤い文字で表示されたモンスターは、二つの頭を持つ犬だった。真っ黒な犬で、とても大きい。ディアより一回りは大きいと思う。二つの頭は、先頭にいるれんちゃんを睨（にら）み付けていた。

「むむ！」

れんちゃんがなんか反応した！　両手を上げて、叫んだ！　がおー！　何がしたいのこの子。

「モンスターにも簡単なＡＩが積まれてるって聞いたけど、ほんとなんだね。オルトロスが微妙に戸惑ってる……」

「ほんとだ……」

オルトロスは敵意が薄くなって、ちょっと困ったような様子。れんちゃんをじっと見つめて、そして助けを求めるかのように私たちを見た。何故。

「これで私たちが動けば、戦闘開始だね。動かないけど」

「残念だったねオルちゃん、がんばってれんちゃんと遊んでください」

敵意がないと襲われない、はここでも正確に反映されてるみたいで、オルトロス改めオルちゃんは身動きできずに止まっていた。じっと、れんちゃんを見つめている。

対するれんちゃんは、モンスターを呼び出した！

「ラッキーおいでー」

ぽてん、とれんちゃんの頭の上に落ちてきたのはいつもの子犬のラッキー。ラッキーはオルちゃんを見上げて、首を傾げて、そして何もせずにれんちゃんに抱かれた。

れんちゃんはラッキーの前足を持ち上げて、

「がおー！」

「…………」

オルちゃんが涙目になってる。なんだこの子、かわいいかよ。

「がおー！」

三度目の咆哮。……咆哮？　いいや咆哮で。

今度は、オルトロスも反応した。

「ガアアァァァ！」

「ぴゃ！」

れんちゃんが目をまん丸にして驚いてる。そして、どうなるのかと思えば、

「かっこいい！」

まじかよれんちゃん。さすがだねれんちゃん。

「わあ、おっきいけどもふもふだ。ディアと同じくらい？　もっと？　もふもふしてる……。にくきゅうさわりたい。ぷにぷにしたい！　足持ち上げて！　そうそうありがとー！　おー、ぷにぷにだー！」

なんだこれ。いつの間にかオルちゃんは言われるがままなんだけど。オルちゃん色々諦めてない？　大丈夫？

「オルトロスってね、第一章の終盤で出てくるボスなの」

「へえ？」

「というかね、ここのダンジョンって今までのボスが相応に調整されて出てくるダンジョンなの」

「昔のアクションゲームのボスラッシュだね」

「そんな感じ」

ということは、アリスはオルトロスとも戦ったことがあるってことだね。普通に戦うと強そうだ。

私が苦戦したゴーレムよりはずっと強いと思う。

「それはもう、苦労したよ。結局強いフレさんに頼ったしね」

「そっか。……今、すごく骨抜きにされてるけど」

「ね」

いつの間にかオルトロスがお腹を見せてる。そのお腹をれんちゃんがなでなでしながら、エサをあげてる。なんだこれ。

「泣きそう」

そう呟いたアリスの肩を、私はぽんと叩くしかなかった。


なんということでしょう。開始五分で仲間が増えました。双頭の犬、オルトロスです。れんちゃんを背中に乗せてご満悦です。アリスの目は死んだ。

「ドラゴンにたどり着く頃には仲間がそれだけ増えそう。なるほどまさに総力戦！　ストーリーの最後にふさわしい！」

「確かにドラゴン戦で、一定時間ごとに仲間や以前の敵がかけつけてくれるって聞いてるけどね？　少なくともオルトロスはいなかったと思うなあ」

「細かいことは気にしちゃだめです」

これもある意味総力戦。うん、間違い無い。

オルちゃんの部屋を出て、それなりに長い通路を歩く。ここは通路にモンスターが出ないから、れんちゃんが嬉しそうにオルちゃんをもふもふしているのを安心して見ていられる。最終ダンジョンなのに緊張感がないけど、私たちらしいと思おう。

さて、二部屋目だ。れんちゃんはオルちゃんの上で、次はどんな子かなとわくわくしてる。

そして部屋に入った瞬間、アリスが消えた。

「え」

びっくりした。本当に、なんの前触れもなく消えた。なんだろう、そういう能力を持ったモンスター？　どんな能力だよと言いたいけど。

部屋の中へと視線を移せば、オルちゃんが丸くなって欠伸をしていた。あれ？

「れんちゃん？　ここのモンスター、もうテイムしちゃったの？」

「んーん。オルちゃんがくつろぎ始めちゃった。安全なんだと思う」

どういうことだろう。ふむ、こういう時は視聴者さんに聞こう。

というわけで、コメントを可視化して、と。

「どもども。アリスが消えちゃったんだけど、どうなったのこれ？　今時珍しい回線落ち？」

『オルちゃん（笑）に突っ込みたいけど、違うぞ』

『十部屋目を除く偶数部屋はイベント。三分から五分程度で戻ってくるはず』

『お手伝いはイベントを見れないので、待ちぼうけです』

「あー、そっか。イベントか」

　要所要所でイベントを挟むと。最終ダンジョンだからそれも当たり前か。戦闘する部屋が減るからいいことかもしれない。

「ありがとう。じゃあ、不可視化します」

『まって』

『ちょっとそこのオルちゃんについて詳しく！』

「終わったらね」

　ぽちっとな。さて、私もオルちゃんを撫でよう。

　ということで、れんちゃんと一緒にオルちゃんをなでもふしていたら、アリスが戻ってきた。心なしか涙ぐんでいるような……。

「ど、どうしたの？」

「ストーリーがね……良かったの……」

「そ、そっか。えっと、待とうか？」

「いや別に？」

あ、涙がひっこんだ。切り替え早くないかな!? アリスの視線はオルちゃんの肉球をもにもにしているれんちゃんに注がれてる。によによ笑い始めた。ちょっと、気持ち悪い。

「れんちゃん最優先だよもちろん。ドラゴンを見た時の反応が楽しみだね！」

「それはまあ、うん。分かる」

れんちゃんに声をかけて、先に進む。また長い通路を歩いていく。さてさて、本当にこの先もテイムできるのかな？


三部屋目、九つの首があるヒュドラ。れんちゃん曰く、かわいいらしい。時折この子の趣味が分からなくなるよ……。ヒュドラに触ったれんちゃんの感想は、すべすべで気持ちいいそう。この子の上でお昼寝したい、なんて言われた。反応に困る。

当然のようにテイムしてました。緊張感も何もない。

五部屋目。三つ首のケルベロス。わんこの首が増えたところでれんちゃんが怖がるはずもなく、もふもふしまくってた。肉球ぷにぷにしてた。オルちゃんより一回り大きかったけど、そんなのは関係ないらしい。ちょっとぐらい怖がってもいいんだよ……？

当然のように以下略。

七部屋目。キマイラ。獅子の頭に山羊の体、そして尻尾は蛇。すごいのが出てきた。さすがにこれはれんちゃんもどん引きなのでは、なんて思ったんだけど。

「もふもふとすべすべが合体した！」

まじかよ。それでいいのれんちゃん⁉　なんかこう、気持ち悪くないかな⁉　さすがのアリスもその反応にびっくりしてるよ！　私もびっくりだよ！

「え……？　おねえちゃん、この子かわいくないかな……？」

「かわいいと思うよ！」

「ミレイちゃん……」

なにかなその目は。れんちゃんが大正義だ。れんちゃんが白と言えば灰色も白になるのだ。黒を白と言ったらさすがに注意するけど。

当然以下略！

そして、九部屋目。

「ストップ」

九部屋目に入る前にアリスが止めてきた。不思議に思いながらも立ち止まる。れんちゃんたちも止まった。うん。さすがにこう、大きなモンスターが四匹もいると、圧迫感がやばい。

「九部屋目のボスはストーリーの黒幕みたいな敵だよ」

「へぇ……。それもテイム……」

「できないと思う」

「そうなの？」

「うん。だって相手、人間タイプだから」

なるほど、と納得できた。ゲームマスターの山下(やました)さん曰く、全てのモンスターがテイムできるらしい。それは逆に言えば、モンスターでなければテイムできないってことだと思う。

まあ、当然だろうとは思う。スケルトンとかならともかく、さすがにＮＰＣと同じような人をテイムしてたら普通に引く。

「しかもそのキマイラとかより強いらしいから、れんちゃんには待機してもらった方がいいんじゃないかな？」

ということは、私とアリスの二人で戦うことになるのかな。正直自信はないけど、それを倒せばれんちゃん念願のドラゴンだ。今こそ限界を超える時！

「ねえねえアリスさん」

「どうしたの？　れんちゃん」

「あのね。あのね。それって、悪い人？　すっごく悪い人？」

「うん。すっごーく、悪い人」

「そっか！」

れんちゃんが嬉しそうに笑う。あれ、待って、なんだか、すごく、嫌な予感がするのですが。気付けばアリスも、微妙に笑顔が引きつっている。

「ミレイちゃん。とてもすごく嫌な予感がするの。気のせいかな？」

「奇遇だね、アリス。私もすごく、そんな気がする」

二人で顔を見合わせて、笑う。はははまさかねははは。

「れんちゃんは外で待機だよ？　いい？」

「うん！」

あれ、予想に反していい返事。杞憂だったかな？

アリスと共に、九部屋目に入る。部屋の中央に、黒い甲冑の男がいた。ネームを確かめてみると、赤黒い文字で勇者ジェガとある。なるほど、こいつが裏切られた勇者なんだね。見ただけで分かる強敵の気配。これは気を引き締めないと……。

私たちが歩いて行くと、ジェガががしゃりと剣を抜いて……抜いて……。

抜こうとして、何故か私たちを、というよりもその奥を見て硬直していた。

「気のせいかなアリス。嫌な予感が現実のものになった気がするよ」

「奇遇だねミレイちゃん。振り返りたくないよ」

でもそうも言ってられないので、二人そろって振り返る。

オルトロスが。ヒュドラが。ケルベロスが。キマイラが。ジェガを睨み付けて唸っていた。どう見ても臨戦態勢です。これはひどい。

「みんながんばってー！」

れんちゃんの声援が届くと、四匹が嬉しそうに尻尾を振った。見事に飼い慣らされてる。もう一度言おう。これはひどい。

そして、私たちが呆然としている間に、四匹がジェガに襲いかかった。

結果を言えば、ひどい蹂躙でした。

いや、うん。仕方ないと言えば仕方ない。いくらジェガが四匹よりも高いステータスだったとしても、四匹も直前でボスをしていたモンスターだ。一対一ならともかく、一対四は多勢に無勢というやつだろう。

少しずつ減っていく四匹のＨＰに対して、目に見えて分かるほどの勢いで減っていくジェガのＨＰ。笑うしかないとはこのことだ。

五分もかからずにジェガは消滅して、四匹は勝ち鬨を上げるかのように吠えていた。

「みんなすごい！　強い！　かっこいい！」

れんちゃんの無邪気な歓声に、四匹は嬉しそうに尻尾を振る。キマイラさん、尻尾の蛇がちょっとかわいそうなことになってるよ……？

「ははは……。黒幕が一瞬で……。はは……」

アリスが真っ白になっちゃった。気持ちは分からないでもない。一般のゲームで例えるなら、ラスボスが突然出てきたＮＰＣに勝手に倒されたような感じだと思う。

「アリス、その、ごめんね……？」

「あ、うん。いや、うん。大丈夫、うん。正直私たち二人だと結構微妙だったし、ちょうど良かったよ。……かき集めてきた回復アイテムは無駄になっちゃったけど」

アリスが言うには、このジェガ戦のために、今まで作った服とか可能な限り売って、回復アイテムを用意してくれていたらしい。百回は完全回復できて五十回は蘇生できる程度、だって。とても申し訳ない気持ちでいっぱいです……。

「でも、見ていて面白かったしいいよいいよ！　ストーリーですっごくむかつくやつだったからね！　すかっとした！」

「それなら良かった……のかな？」

フォローされてるような気もするけど、何も言わないでおこう。あとで、お礼しないとね……。

楽しそうにじゃれ合うれんちゃんたちに声をかけて、次の部屋に向かう。小さい女の子が巨大なモンスターと遊ぶ光景はなかなかシュールだ。システム的にあり得ないと分かっていても、食べられちゃいそうで見ていて怖い。

「あの四匹がいれば、ドラゴンも余裕そうだね」

そうアリスに言ってみると、意外なことにアリスは無理、と首を振った。

「え、どうして？」

「うん……。今のレベルの上限、知ってる？」

「百だよね。今のところは」

レベル上限の解放は定期的に行われてるから、またすぐに上がるだろうけど、今のところは百までだ。ちなみに私は五十三。高くもなく低くもなく、過半数のプレイヤーがこのあたり。

れんちゃんは確か十だったかな。戦闘せずのんびりもふもふしたり、ラッキーと一緒に釣りをしたりしているだけだから、妥当だと思う。

「ドラゴンのレベルは千だよ」

「なんて？」

「千」

「いや無理ゲーすぎるでしょ」

一とか二そこらで大きく変わるわけじゃないけど、さすがに十の差があれば大きく変わってくる。百の差があるならまずダメージなんて通らないだろうし、九百以上の差とかどう考えても勝てるわけがない。

「うん。だから特殊なバフが山盛りにかけられるんだよ。そこから耐久しながらストーリーが進むのを待って、駆けつけてくれる全ての仲間が揃ったら最終決戦、みたいな流れ」

「王道だね。もしかして実質的なラスボスって……」

「ジェガだね！」

「ごめんなさい！」

そっか、あれラスボスだったのか……！　つまりこの先のドラゴンは、本来はイベントありきの戦闘で、生き残ることを考えればいいってことか。

「ある程度ＨＰを削らないと進行しないから、逃げ続けていいわけでもないけど」

「それでも楽は楽だね」

まあどっちみち、私たちはれんちゃんを見守るだけなんだけど。アリスも今回でクリアできなくてもいいらしいし。アリスが言うには、一度クリアした部屋は再挑戦の時に素通りできるらしい。とても優しい仕様だと思います。

さてさて。最後の部屋にたどり着きました。今までの部屋には扉なんてなかったのに、ここだけ重厚な扉が道を塞いでる。いかにも、これからボス戦です、みたいな感じ。

「ドラゴン！　ドラゴン！　わくわく！」

「かわいいなあ」

「かわいいねえ」

期待に目を輝かせるれんちゃんがとてもかわいい。アリスと頷き合って、小さく言う。来て良かった、と。

「オルちゃん、ヒューちゃん、ケルちゃん、キーちゃん、大人しくしててね！」

呼ばれた四匹が頷いた。名前、にはなってないのかな。あくまで愛称扱い？　それとも名付けしちゃったのかな。あとで聞いておこう。

「おねえちゃん、入っていい!?」

「いいよー」

私が頷くと、れんちゃんは嬉しそうに扉を押し始めた。ゆっくり開いていき、やがて全開になる。

扉の先は、ただただ広い空間だった。壁は見えないし、空は夕焼けから変化がないみたい。多分、異空間、みたいな設定なんだと思う。ここに封印でもされてるのかな？

そして目の前には、そのドラゴンがいた。

空色の大きなドラゴン。いわゆる西洋のドラゴンに近いと思う。薄い青色の羽毛のようなものに覆われていて、見ているだけで神々しい。ぞくりと、背中が冷たくなる。これは、穢(けが)しちゃいけないものだ、と本能的に思ってしまった。

名前を見てみると、始祖龍(しそりゅう)オリジン、とあった。

「あはは……。実際に生で見ると、すごいね……。怖いとはまた違うけど……。うん。すごい」

「だね……」

アリスの呟きに頷く。これと正面から戦うプレイヤーは素直にすごいと思う。

さてさて、我らが妹は。

「もふもふのかっこいいドラゴンだ！」

大興奮である。なんか、目が怖い。れんちゃんの目が怖い。れんちゃんは一切躊躇(ちゅうちょ)なんてせずにドラゴンに向かって走って行った。

「うええ!?　いいのあれ!?　大丈夫なのあれ!?」

「だ、大丈夫じゃないかな……?」

アリスの歯切れが悪い。いや、仕方ないとは思うけど。誰も攻撃するわけでもなく突っ込むようなことはしたことがないだろうし。

私たちの心配とは裏腹に、れんちゃんはドラゴンにたどり着いた。恐る恐るとその大きな体に触れて、そしてドラゴンが目を開いた。

「……!」

これはさすがにまずいかもしれない。アリスと頷き合って、れんちゃんを助けるために駆け出そうとして、

「すっごいもふもふだね……。えへへ、ふわふわ……」

「…………」

ドラゴンは何もしなかった。むしろどう見ても困惑してる。なんだろうこの子、みたいな顔、と思う。あれ?　もしかしてこのドラゴン、かわいい?

「あ、起きたの?　起こしちゃってごめんね。もうちょっと触っていい?」

遠慮無くそんなことを聞くれんちゃんに、ドラゴンは引き気味に頷いていた。れんちゃんが強すぎる……。

どうやらこのドラゴンも、ちゃんとモンスターの枠組みに入るみたいだ。アクティブだけど敵意

がなければ攻撃してこない。だかられんちゃんはこうしてもふもふを堪能できると。

「長くなりそう、かな？」

「ふふ。そうだね」

この後どうなるかは分からないけど、すぐにどうにかなるわけでもないみたいだし、のんびりとすることにしましょう。


「ミレイちゃんミレイちゃん」

「なにかなアリス」

「そろそろもふもふし始めて一時間だけど」

「そうだねえ」

「よく飽きないね……」

「ほんとにね……」

この部屋に来て一時間。れんちゃんは変わらずドラゴンをもふもふしてる。変わらずといっても、いつの間に仲良くなったのか、れんちゃんはドラゴンの鼻に触れて喜んでる。ドラゴンもふんふん息を吐き出していて、なんだかちょっと楽しそうだ。

おやつがわりにあげてるのか、エサもばんばんあげてるみたい。体に合わせてか、一気にたくさんあげてる。なんか、すごい。

ちなみにこの間オルちゃんたちは気ままに毛繕いをしていた。それでいいのかボスモンスター。でもそろそろ時間がまずいかも、と思っていると。

「ええ!?」

アリスが大声を上げた。どうしたのかな。

「アリス?」

「いや、ええ……。和解って、こんなのあるの……?」

「へ……? あ、いや、まさか」

多分、アリスは何かしらのイベントが始まったのかもしれない。……あ、アリスが消えた。

れんちゃんを見る。れんちゃんはドラゴンを撫でながら、叫んだ。

「じゃ、えっとね、君の名前はレジェ!」

名付けしちゃった……? いや、待って。え、うそ。それってつまり……。

「おねえちゃーん! お友達になったよー!」

「まじかよ……」

嘘(うそ)みたいなほんとの話って、あるんだね……。

れんちゃんの方へと歩いて行く。レジェと名付けられたドラゴンは、今もれんちゃんに鼻を触らせてあげてる。気持ちいいのかな?

大きいドラゴンだけど、こうして見るとかわいいかもしれない。……いや、それはない。大きすぎて恐怖心の方が先にくるよこれ。

「れんちゃん」

「なあに？」

わあ。すごく機嫌のいい声だ。まあ、うん。念願のドラゴンだもんね。嬉しくもなるよね。

「ステータス、見せてもらってもいい？」

「はあい」

ささっとれんちゃんがレジェのステータスを見せてくれる。レベル表記を見てみると、千のままだった。いやいや、正気なの？　いいのこれ？　やばくないかなこれ!?

どうしよう。山下さん呼ぶべきかな。ここで？　今？　それはそれで、問題起きそうな。え、ほんとにどうしたらいいの？

「えへへ……。もふもふ、かわいい……」

かわいいかなそれ!?　いや、うん。れんちゃんが幸せそうならいいや……。

その後は、やることもないのでレジェをもふもふする様子をのんびり眺める。この後ってどうなるんだろう。アリスは一度戻ってくるのかな。と思っていたら、不意に小さなウィンドウが出てきた。お知らせ、と書いてる。

「おねえちゃーん！　何かでてきたー！」

「うん。ちょっと待ってね」

さくっと確認。えっと……。アリスが見てるイベントが終わったら、ファトスの広場に転移するらしい。それまでもうしばらくお待ちください、だって。

「れんちゃん。もうすぐファトスに転移するらしいよ。一度レジェとはお別れになるから、また明日ホームに会いに行こうね」

「はーい」

そう返事をしたれんちゃんは、いつの間にかレジェの頭の上にいた。もふもふごろごろ、なんて言ってる。レジェも嫌がるどころか、なんとなく楽しそう。いいなあ、あれ。

あとで私も乗せてもらおうかな、と思ったところで、不意に光に包まれた。一瞬だけ視界が真っ白になって、気付けば見慣れたファトスの広場。周囲に視線をやれば、満足そうなれんちゃんと、目をぱちくりさせてるアリス。

「おかえり、アリス」

「あ、うん。ただいま……」

ふう、とアリスがため息。疲れたような、満足そうな、そんなやつ。ストーリーはアリスにとって楽しめるものだったみたいだ。んー……。私も少し、やってみようかな……。

「うん……。よし。ありがとう、ミレイちゃん、れんちゃん。無事にクリアできたよ」

「いえいえ、こちらこそ。ドラゴンに会えて友達になってれんちゃんも満足そうだし」

「たのしかった！」

れんちゃんもとっても嬉しそう。レジェとも友達になれたからね。れんちゃんにとっては最高の一日だった、はず。うん。そうだといいな。

「うん。いや、え、まって。友達になったって、まさか……」

「うん。そういうことです」

「ええ……」

頬を引きつらせるアリス。気持ちはとても分かる。正直私も、本当にテイムできるだなんて思ってなかったしね。でも、できちゃったものは仕方ない、と思おう。

「あ、時間ぎりぎりだ。れんちゃん、先にログアウトしてね！　おやすみのぎゅー！」

「ぎゅー！」

れんちゃんを抱きしめて、最後にれんちゃん成分を補充。これで明日もがんばれる！

れんちゃんがログアウトするのを見届けてから、アリスに向き直った。

「それじゃ、私も今日はいろいろ疲れたから、ログアウトするね」

「うん。いろいろ聞きたいけど、とりあえず私も今日は疲れたよ」

アリスと二人、笑い合う。本当に、今日は疲れた。楽しかったけど、ね。

配信二十二回目

『レジェお披露目！』

レジェとの出会い、そして懐柔……違う、友情イベントを終えた、翌日。私はれんちゃんと会う前にゲームマスターの山下（やました）さんと会っていた。忙しいとは思うけど、ちょっと会えないかなって相談したのだ。

山下さんに呼ばれた場所は、山下さんのホームだった。

「始祖龍（しそりゅう）オリジンのことでしょうか」

開口一番、山下さんにそう聞かれた。まあ、予想がつくよね。誰だって分かるか。

「そうです。あれって大丈夫なんですか？」

私としては、だめだと思う。確かにれんちゃんは戦闘そのもの、ダンジョン攻略とかにも興味がない子だけど、バトルジャンキーたちがそれで納得してくれるとはどうしても思えない。

あいつら、比較的常識的な人もいるにはいるけど、色々とおかしいからね……。

「結論を言えば、問題ありませんよ」

「そうなんですか？」

「ええ、まあ……。実を言いますと、始祖龍（しそりゅう）オリジンはテイムを想定していなかったモンスターではあります」

「え」

いや、それはおかしい。間違い無くれんちゃんはテイムしていたし、れんちゃんのホームにいることも確認したのに。

「条件がとても厳しいんです。ここだけの話ですが、テイムの条件は、敵意がなく、そして最終ダンジョンでジェガ以外のモンスターをテイムしていることになります」

あ、なるほど。それは確かに無理だ。まず最初の条件の敵意がないがほとんどのプレイヤーで引っかかるし、他の四体もまともにプレイして全てテイムできると思えない。

「それに、始祖龍（しそりゅう）は通常召喚できない、ホーム専用のテイムモンスターです。厳しい条件ですが、かといってもし他の人がテイムして召喚してしまうと、バランス崩壊どころじゃないですから」

それは確かにそうだ。まず不可能だとは思うけど、この先れんちゃんみたいに、モンスターとただただ友達になりたいって人が出てこないとは限らないわけで。そんな人がテイムしちゃうと、間違い無く問題になる。誰も勝てなくなる。

まあ苦労した結果召喚できないっていうのは、ちょっとどうかと思うけど……。でもあれはホームにいるだけで満足感があるのは間違い無いと思う。いやあ、あのもふもふはね……。私も触らせてもらったけど、他のモンスターとは一線を画すからね……。すごいよあれは……。

「ですが、れんちゃんだけ特別に、例外を設けました」

「え。なんか、聞くのが怖いんですけど……」

「大丈夫です。悪いことにはなりませんから」

　山下さんはそう言って、にっこり笑って、

「れんちゃんが恐怖を感じた時、もしくはシステム的に危険な状態と判断された時、始祖龍（しそりゅう）が自動的に召喚されてれんちゃんを守ります」

「うわあ……」

　そもそもとしてシステムでＰＫから守られてたれんちゃんだけど、これで本当に盤石になってしまったような気がする。

　でも、それぐらいならいい、かな？　れんちゃんは普段はダンジョンに潜らないし、レジェが呼び出される時はよっぽどということになる。たまに私がいなくてもログインするし、あの子の守り手としてはいいかもしれない。

「いかがでしょう？」

「いいと思います！」

　うん。いい。すごく、いい。私もとても安心できるからね。

「ああ、ところでミレイ様。先日、カンクルというモンスターの、話せるアイテムに興味を持たれていましたが……」

「ああ、はい。れんちゃんが喜びそうだな、と」

　ラッキーやディア、それにレジェとお話できたら、きっとれんちゃんが喜ぶと思う。だからちょっと欲しいなと思ってるんだけど……。

「ここだけの話ですが……」

「はい？」

「四聖獣を全てテイムすると特殊なクエストが発生します。そのクエストをクリアすると、モンスターと会話できるアイテムをもらえますよ」

「え、まじですか」

「まじです」

なにそれすごくいい！　ちょっと不思議だったんだよね。白虎だけどうしているのかなって。しかも戦闘に出せるモンスターでもないし。そっかそっか、四聖獣全てで特殊なクエストなのか。

それはいいこと聞いた！

「他の四聖獣がどこにいるか、まではさすがに答えられませんが……」

「ああ、いいですよ。そこまで聞いてしまうと面白くないですし。れんちゃんと一緒に探します」

「はい。是非、そうしてください」

れんちゃんもきっと頑張って探すと思う。うんうん。一緒に探すのもいいかもしれない。いや、すごくいい。楽しみだね！

「では、ミレイ様。ここから先は別件なのですが」

「え、あ、はい」

なに？　なんか、ちょっと真剣な顔になってるんだけど……。何か、やっちゃったっけ……？

「ミレイ様とれんちゃんに、依頼したいことがあります」

「はい？」

「次回のゲーム内イベントについてはご存じでしょうか？」

「ああ、はい。来週の日曜日ですよね。戦闘メインっぽいのであまり気にしてなかったんですけど……」

れんちゃんに伝えても参加しないって言われるのは分かりきってるから、伝えてすらいないんだよね。だから私も興味ないから、イベントがある、程度にしか覚えてない。

「ゲームの宣伝を兼ねて、公式でもイベントを配信することになりました」

「宣伝、ですか？　このゲームって結構人気ある方だと思いますけど……」

「はい。有り難いことに一定の支持を得られています。ですが、今この時もVRゲームは数多く生まれています。そういった新しいゲームに埋もれてしまわないようにするために、AWO（アナザーワールドオンライン）の魅力を多くの方に伝えたいと考えています」

納得した。そうだよね。私は他のゲームに興味ないけど、VRゲームはまだまだこの先も増え続けると思う。それらに負けないための宣伝ってことだね。運営も大変だ。

「そこで、このゲームの動物やモンスターのリアリティを知っていただきたいと思いまして、動物たちと触れ合えるような場所を用意したいと思います」

あ、それすごくいいかも。それなられんちゃんも参加したがるだろうし。れんちゃんならきっと喜んでその触れ合い広場に……。

「よければミレイ様、れんちゃんと一緒にその触れ合い広場をやってみませんか？」

「へ？」

え、いや待って。やるって、運営するっていうか、そっち方向ってことだよね。いや、でも、それっていいの……？　というか、なんで……？

「実を言いますと、始祖龍と触れ合いたいという声がいくつか届いていまして……。ですが、さすがにストーリーの重要モンスターをイベントのために出してしまうのはどうかと思うのです」

「はあ……」

「協力者の所持モンスターなら言い訳として十分かと」

「言い訳って言ってるじゃないですか」

まあ、私としては文句はないけど。新しいもふもふと出会えないのはちょっと残念だけど、多分れんちゃんなら喜んでやりそうだ。普段から配信でもふもふ自慢をする子だし。画面越しなら、人見知りもどうにかなる、とは思う。

それに……。れんちゃんのことを、もっと多くの人に知ってもらういい機会かもしれない。

「分かりました。ですが、れんちゃんと相談させてください」

「もちろんです。ちなみに、ご協力いただけた場合はこちらを報酬として差し上げます」

そう言って、山下さんが見せてくれたものは、一枚の画像。それを見て、確信した。これ絶対れんちゃん引き受ける。間違い無い。

れんちゃんに相談した後、いつものように配信です。

「なにやら騒ぎになってるね……」

十八時になる前に、つまりれんちゃんが来る前にログインしての雑談配信です。れんちゃんのホームにお邪魔して、配信を始めての私の第一声だ。

『ほんとにな』

『廃人どもが最終ダンジョンに挑戦する人に同行してるな』

『始祖龍テイムしようとして、しゅんころされてるの草』

「ああ、あの後配信で挑戦した人がいたみたいだね。当事者の私はちょっと笑えなかったよ……。申し訳なさすぎてさ……」

その人は、やっぱりだめでしたねと笑ってたんだけど、視聴者があいつはチートだったんだ不正だとすごく騒いでたらしいんだよね。その視聴者を配信者が諌めてたのは本当に申し訳ないのと有り難いのと、複雑な気持ちになったよ。

その時の配信者さんはれんちゃんがアクティブモンスターのことを言ってた時に見てくれてたみたいで、わざわざ説明してくれて。本当に、ありがとうございます、だ。

『ところでさ』

『いるの？　いるのかそこに？』

『始祖龍いるの？』

「んー？　ああ、なんか今日はやたらと視聴数多いなと思ったら、それが目的？」

『むしろそれ以外に何があると？』

『ばっかお前、ミレイという美人を見て……いや何でも無い』

「おい今なんで言うのやめたんだこら。怒らないから正直に言いなさい。怒るから」

『ヒエッ』

『どっちなんだよｗｗｗ』

まったく……。

光球をくるりと回して、れんちゃんのお家の向こう側を映す。

『うわ』

『まじかよほんとにいる……』

『改めて見るとでけえ……！』

ほんとにね。れんちゃんのお家がすごく小さく見えるよ。

私がそのドラゴン、レジェに手を振ると、レジェはのっそりと起きて、こちらに顔を近づけてきた。レジェの鼻を撫でてあげると、気持ち良さそうに目を細める。うん。意外とかわいいかもしれない。

『ラスボスとは思えないな……』

『意外と愛嬌があ……？』

『ただし戯れ一撃でプレイヤーは死にます』

「よく考えなくてもぶっ壊れだよねこの子」

戦闘では呼び出せないからいいんだけど、本当にぶっ飛んだステータスだと思う。

ちなみに山下さんとお話しした後、運営から正式な告知があって、始祖龍はテイムしたとしても戦闘には呼び出せず、ホームに居座るだけとお知らせをしてくれた。それでもテイムしたいって人が後を絶たないみたいだけどね。気持ちは分かるとても分かる。

『ところでさ、なんか始祖龍、小さくないか？』

『言われてみれば……』

『もっと大きかったよなこいつ』

お、さすがだね。まあ気付いて当然かもしれないけど。

始祖龍はテイムしたら、なんと大きさをある程度自由に変えられるらしい。最大サイズはダンジョンにいた時のものだけど、最小ならディアぐらいの大きさまで小さくなれる。

「あのサイズでホームにいると、結構圧迫感があったからね……。それの救済措置みたいなものじゃないかな」

『なるほどな』

『あのサイズで想像してみた。ぶっちゃけ邪魔だなw』

まあ、うん。言葉濁したけど、正直邪魔だったんだよね……。れんちゃんがレジェに小さくなれないかなって無茶ぶりしたら、今の家サイズになりました。

「ちなみに、配信を見てたなら知ってると思うけど」

光球の向きを少しだけ変える。レジェの隣へと向ければ、期待通りの反応が返ってきた。

『ふぁ!?』

『なんか、なんかいるう!?』

『そうだった、テイムしてたんだった!』

そこにいるのは、オルちゃん、ヒューちゃん、ケルちゃん、キーちゃんの四匹だ。もちろん、オルトロス、ヒュドラ、ケルベロス、キマイラのことだ。

あの子たちもさすがに制限がかかっていて、ホームから連れ出す場合は一匹まで、つまり他の子は連れて行けないらしい。まあ、あんな大きなモンスター、ほいほい召喚されたら困るんだけどね。

「オルちゃん」

れんちゃんのテイムモンスターは私にも懐いてくれる。多分、保護者特権だと思う。文句なんてあるはずもない。私だってもふもふは大好きなのだ。

顔を寄せてくれたオルちゃんを撫でてあげると、気持ち良さそうな顔になる。犬みたいでかわいい。ただ、片方を撫でるともう片方がこっちも撫でろと寄せてくるんだよね。うん。かわいい！

『うらやま』

『お前ばっかずるいぞ！　俺も撫でたい！』

『改めて見るとそいつらももふもふやん。もっふもふやん！』

「んふふー。敵として見ると二つ首とか三つ首とか怖いけど、こうなるとすごくかわいいよね」

役得役得。まあ私の役得は何よりもれんちゃんを……。

「何やってるのおねえちゃん……」

「うひぃえ！」

『れんちゃきた！』

『なんて声出してんだw』

『オルトロスがびくってしてるの草。お前ボスだろ』

振り返るとれんちゃんがこっちを見てた。怒ってるのかと思ったけど、呆（あき）れられてるだけみたい。

うん。それはそれで悲しい。

れんちゃんはオルちゃんから順番に撫でていくと、レジェに抱きついて頬ずりした。れんちゃんの一番のお気に入りはレジェかな？……あ、いや、頭にラッキーが載ったままだ。ラッキーは特別なのかもしれない。

「れんちゃんが構ってくれなくて私はちょっぴり寂しいです」

『れんちゃんはあれだな、ちょっと猫っぽいな』

『構い過ぎると逃げちゃうけど、構わないでいると寄ってくるってやつ?』

『それな』

『分かる』

なるほど、れんちゃんは猫かもしれない。なるほどなるほど。

「よし想像してみよう。れんちゃんに猫耳と猫尻尾……」

『ひらめいた』

『ひらめくな』

「あ、健全な絵ならください。よこせ。変な絵書いたら通報するからね。容赦なくやるからね」

『うい。描いてくる』

『ほんとに描くのか……』

釘(くぎ)を刺されても描くっていうことは、ちゃんとしたイラストなのかな。それなら私も見たい。むしろ私に見せるべきだと思うのです。

それにしても、猫耳れんちゃんか……。

「鼻血でそう」

『おい保護者w』

『猫耳妹に興奮する姉がいるってマ?』

『非常に残念で遺憾ながら、マ』

「うるさいよ」

いいじゃないか、れんちゃんかわいいんだもん。

ひとしきりもふもふして満足したのか、れんちゃんが戻ってきた。ふにゃふにゃれんちゃんだ。すごく満足そう。

しかし！　しかししかし！　そんなれんちゃんを、もっととろとろにしてあげよう！

「れんちゃん。メッセージは読んでくれた？」

「うん！　大丈夫！　やりたい！」

「了解。それじゃ、山下さんにメッセ送るよ」

フレンドリストを呼び出して、山下さんにメッセージを送るを選択する。プレイヤー多しといえども、ゲームマスターがフレンドにいるのって私ぐらいだろうなあ……。

少し前に依頼されたことを承諾する旨を送れば、すぐにありがとうございますと返信がきた。さすが、仕事が早い。

『なんだ？　何が起きてる？』

『置いてけぼりなんだけど』

『ミレイちゃん、何かするの？』

「んー？　もう少し待ってね。れんちゃん、運営さんからのお礼はお家の前に出してくれるって」

「わーい！」

れんちゃんがぱたぱた走って行く。私ものんびり歩いてその後を追う。いや、すぐそこだから、追うってほどの距離じゃないけど。

「視聴者さんに先に言っておくけどね」

『ん？』

『なんぞ？』

「これは正式な依頼で、そして正式な報酬。もふもふともっと触れ合いたいっていう要望を運営に出した人がいて、よければどうですかってこっちに依頼があったんだよ」

『どういうこと？』

「来週の日曜日の夜だけどさ。何があるか、覚えてる？」

まあ、プレイヤーで覚えてない人はいないだろう。直接関係ないれんちゃんはそもそも興味がないみたいだったけど、参加しない私ですらそれぐらいは把握している。

『当然』

『公式イベントだな』

『ただ、戦闘関係のイベントだからなあ』

そう。来週の日曜日の夜は公式のイベントがある。メインは闘技場でのＰｖＰ大会なんだけど、闘技場の周辺ではたくさんの出店が開かれるらしい。

運営は出店希望のプレイヤーを募っていて、もうすでに上限以上の申し込みがあるんだとか。ちょっとしたお祭りみたいなものだね。

「でね。もっと動物と触れ合いたいっていう要望が多かったらしくて、闘技場の隣に一回り小さい会場が用意されることになったんだってさ。その会場が、触れ合い広場」

『あっ（察し）』

『なるほど。どういうことだ？』

『何がなるほどだったんだよｗ』

「うん。れんちゃんがその触れ合い広場を担当することになったのだ！　つまりれんちゃんのテイムモンスもみんな行くよ！」

『おおおおお！』

『会えるのか!?　触れるのか!?　このもふもふたちに！』

『運営もミレイも、そして何よりもれんちゃんありがとおおお！』

わあ。すごいコメントが流れていく。さすがに追い切れない。まあ、これだけ喜んでくれると私としても嬉しいし、れんちゃんもたくさん自慢できて……。

あ、いや、れんちゃんすごくわくわくして待ってる。すごく待ってる。さっさと説明を終わらせよう！

「というわけで、運営には先払いで報酬をもらうことになっててね。これからそれが来るよ」

『なるほど。れんちゃんが楽しみにしてるのはそれか』
『つまり、新たなもふもふを運営が用意したってことか』
『もうえこひいきを隠さなくなったなｗ』
『でも許せる。むしろもっと甘やかすべき』

　優しい視聴者さんたちで私はとても嬉しいです。

　山下さんに合図代わりのメールを送ると、お家の前の景色が歪(ゆが)んだ。そして次の瞬間にできあがったのは、背の低い柵だ。丸い円形の柵で、広さはれんちゃんが走り回って遊ぶことができるぐらい。一般家庭の一部屋分ぐらいかな？　小さい出入り口が一つだけある。

　そしてさらに、その柵の中に黒い穴みたいなのがうにょんと出てきた。

『うお、なんか黒いのが……』
『効果音がｗｗｗ』
『うにょんってｗ』

　その穴から、小さなもふもふがとことこ歩いて出てくる。ふっわふわでもっふもふの子犬たち。ラッキーの色違いで、黒い子犬と茶色の子犬が三匹ずつ。

「わあ……」

『見た目で分かるもふもふっぷり！』
『やばい！　すっごくかわいい！』

『いい仕事するなあ運営！』

うん、これは本当に、なんだろう。すごいもふもふ。

子犬たちは全部出てくると、思い思いに動き始める。何匹かは遊び始めて、お互いの体を上ろうとしてころんと転げたりしてる。かわいい。

れんちゃんは早速柵の中に入ると、その子犬の集まりに近づいて行った。

子犬たちがれんちゃんを見る。でも、どの子も逃げようとしない。興味深そうにれんちゃんを見ている。

れんちゃんが一匹の黒犬に手を差し出すと、ぺろ、とその子犬がなめていた。

「はわあ……」

そっと黒犬を抱き上げるれんちゃん。黒犬はふんふんとれんちゃんの匂いを嗅いでいたみたいだけど、なんだか安心したようにその身を委ねた。

これは、いい。すごくいい。かわいいが過ぎる……！

『あかん、萌え死ぬ』

『しっかりしろ！　傷は深いぞ！』

『いいなあいいなあ……。もふりたいなあ……』

ふむ。これは誘惑が強すぎたかな？……いやその前に、私も入っていいかな。抱いてもいいかな。

でもれんちゃんの邪魔をするのは不本意だし……。

と、そんなことを考えていたら、れんちゃんが黒犬を抱いたまま戻ってきた。すごく優しく抱いているのが見ているだけで分かる。

「はい、おねえちゃん。すっごくふわふわ！」

れんちゃんはそのまるっこい毛玉を、私に差し出してきた。

これはあれだよね、れんちゃん公認ってことだよね！　それじゃあ、遠慮無く……。

「うわあ……。なにこれすごい……。ええ、なにこれ……」

『語彙力が圧倒的に足りてないｗ』

『いやでも、実際抱いてみたらこうなるんじゃね？』

『いいなあ、羨ましい……』

れんちゃんに視線を戻すと、いつの間にかれんちゃんは柵の中に戻って他の子犬と戯れていた。

れんちゃんの体に他の子犬たちがよじ登ろうとしてる。

なんだか、見ているだけで和むねこれは……。

「私もうここから動きたくない。ここでずっとれんちゃんともふもふを眺める……」

『ええで』

『配信切らなければそれでよし』

『かわええのう……』

「うん。じゃあ、このまったりもふもふ空間から、追加のお知らせ一つ」

私がそう言うと、なんだなんだとコメントが流れてくる。まあ、何人かは察してるみたいだけどね。

「どうして報酬が前払いか、という話ですよ」

『え？　どういうこと？』

『ああ、つまりやっぱり、そういうことね』

『おいおい、分かるように言えよ』

「うん。まあ単純な話、触れ合い広場にはあの子たちも行くことになるからね。あのふわふわもふもふな子犬たち」

おお!?　コメントがすごい流れ始めた。みんな大興奮みたいだ。まあ少し狙って言ったから、成功して私としても嬉しい。

「というわけで、触れ合い広場には期待してね！」

『おｋ』

『超期待して楽しみにしとく』

『れんちゃんに会うのももふもふと触れ合うのも楽しみだ！』

よし。まあこの程度でいいかな。れんちゃんも、せっかく自慢できるって張り切ってるのに、誰も来なかったら寂しいだろうからね。これでみんな来てくれるはずだ。

そんなれんちゃんは、いつの間にか寝転がっていて。もふもふにまとわりつかれていた。

「何あれ楽しそう」

『あれはまさか！』

『知っているのかコメント！』

『いや知らんけど』

『知らんのかいｗ』

『草』

何言ってるんだろうこいつら。

うん、それにしても気持ち良さそうだ。見ていて、本当に私も和む。

「それじゃあ、そろそろ終わるよ。みんな今日もありがとー」

『いかないで』

『勝手に終わるな』

『もうちょっと！　ちょっとだけでいいから！』

切ろうとしたらそんなことを言われてしまった。まあ、うん。映すだけでいいなら、いいけども。

その後はれんちゃんが落ちる時間になるまで、視聴者さんたちと一緒にれんちゃんともふもふを見守ることになった。私は私で抱いたままの黒犬をもふもふ……。ああ、幸せ……。

「ところで、私もみんなも子犬子犬言ってるあの子たちだけどさ」

『ん？』

『なんだ？』

『あー……』

「あの子たち、ラッキーと同じ種族だからね。つまりは立派な狼だ」

『なん、だと……？』

『あんなかわいらしい狼がいてたまるか！』

『どこからどう見ても子犬な件について』

それについての文句は運営様にお願いします、てね。

「もふもふ……もふもふ……」

ディアと同じぐらいの大きさになったレジェの背中に、れんちゃんが抱きつくようにして乗ってる。柔らかそうな羽を全身で堪能していて、とっても幸せそうだ。

レジェもどこか誇らしげに見える。どこがと聞かれると困るけど、何となくね。

さて。そんなれんちゃんをずっと眺めていてもいいんだけど、そろそろ配信をしようかなと思います。

「れんちゃん。アリスも待ってるだろうし。そろそろ行くよ」

「はーい」

れんちゃんが返事をすると、レジェがれんちゃんを尻尾で持ち上げた。そのまま地面に下ろしてくれる。すごく良い子だ。

「レジェ、ありがとー！」

れんちゃんがぴょんぴょん飛び跳ねながらお礼を言うと、レジェは鼻先でれんちゃんをちょんとつついて、そのまま丸くなってしまった。お昼寝するらしい。そんなレジェの体をもう一度撫でてから、れんちゃんは私の方に走ってきた。

「満足した？」

「した！」

にこにこ笑顔のれんちゃん。今日もとってもかわいいです。とりあえずぎゅー。

「おねえちゃん？」

「なんでもないよー」

不思議そうなれんちゃんを連れて、ホームを後にした。


れんちゃんと一緒にやってきたのは、セカンだ。最近では私たちのことを知ってる人も増えてきたから、大通りは避けて裏道を進む。建物と建物の間をてくてくと。迷いそうな道だけど、アリスから道順をしっかり聞いておいたから迷わず行ける。

ちなみに裏道って言っても、暗い雰囲気とかはない。迷いやすいからプレイヤーは避けてるってだけで、ちゃんと道を覚えてるプレイヤーは普通に使う道だし、立ち話をしてるＮＰＣだって見かける。お店だっていくつもあるしね。

プレイヤーが買い取ってお店にしてる家は、やっぱり大通りに近い方が多い。人通りが全然違うからね。大通りから離れていくと、どんどん店は少なくなって、普通の住宅になっていく。それが街の端っこになれば尚更(なおさら)だ。店なんて一つもなくなる。普通なら、だけど。

お店としての立地条件があまりにも悪いそんな場所でも、物好きな人は家を買ってお店にすることもある。まあつまりは、アリスのことだね。サズにある支店も街の端っこだったし、人が少ない方がいいのかな？

というわけで、やってきましたアリスの工房。周囲の家と同じ二階建てだ。立地条件が悪いわりには、時折入っていくプレイヤーさんを見かける。やっぱりアリスの服を求める人はここでも多いみたいだね。

でも、サズよりは少ないように見える。アリスの装備を求めるのはバトルジャンキーな人の方が多いらしいから、サズの支店の方が賑わうのは分からないでもない。

「ここがアリスさんのおみせ？」

「そうそう。入ろっか」

「うん」

ドアを開けて、中に入る。店舗としてのスペースにはたくさんの服や武器がずらりと並ぶ……なんてことはなくて、いくつかのサンプル品が置いてあるだけだ。カウンターにアリスが雇ったらしいＮＰＣが立っていて、話しかけるとこの店のカタログを見せてもらえる、はず。他の人の店もそうだったから。

このカタログは露店と同じで、売れたり追加されたりしたら、自動的に更新される。だからカタログを見れば今何があるのかすぐに分かる、という仕組みだ。

れんちゃんを連れて、ＮＰＣさんの元へ。挨拶すると、すぐに奥に通してくれた。

ちょっとだけ視線を感じながら、お店の奥へ。お店の奥は、応接室。サズの支店と内装は似通ってるらしい。使いやすいように統一しただけ、かな？

「アリスー？」

応接室で呼んでみる。反応がない。

「おねえちゃん、いすふかふか！」

「ソファだね。さすがアリス、いいもの使ってる……」

れんちゃんはソファに座ってちょっと楽しそう。ここで待っていればいいかな？

視線をきょろきょろさせるれんちゃんと待つことしばらく、隅にある階段から足音が聞こえてきて、アリスが下りてきた。

「あれ、ミレイちゃんにれんちゃん。来てたの？　声かけてくれたらいいのに」

「うん。呼んだけどね？」

「あ、そうだった？　ごめん、作業に集中しすぎたかも」

ちょっと待っててね、と階段を下りていく。地下あったのかここ。

「ちかしつ！」

「あ、興味ある？　来てもいいけど、何もないよ」

アリスから許可をもらったので、れんちゃんと一緒に地下室に行きます。

階段を下りた先は、石造りの部屋だった。ある意味では何もないけど、別の意味ですごい部屋だ。

主に財宝的な意味で。

「素材置き場？」

「そうそう。買い取ったり集めてきた素材をここに置いてるの。それだけの部屋だよ」

れんちゃんはわくわくしながら地下室を歩き回ってたけど、すぐに戻ってきた。ちょっとだけ不満そう。それを見たアリスは苦笑いだ。だから言ったのにって。

「れんちゃんはどんな地下室を想像してたの？」

「んと……。ちっちゃい川？　があって、ひんやりしてて、ないしょのお部屋！」

アニメや映画の影響かな。むしろそんな地下室を探す方が大変だと思う。楽しそうではあるけどね。いつか作ってみたい地下室だ。現実的じゃないけど。

その後は、階段を上って二階へ。二階はやっぱり作業スペースだった。ただ、サズの支店よりも色々と道具とかが多い気がする。何をどれに使うかとか分からないから何となくだけど。

「改めて、いらっしゃいミレイちゃん、れんちゃん。私の工房へ！」

「サズの支店と大差ないから新鮮みがない……」

「それは思ってても言わなくていいからね!?　使いやすさを考えると内装は同じ方がいいの！」

いや、まあ分からなくはないけど。

「えっと……。ミレイちゃんは配信するんだっけ？　私もいていいの？」

「むしろアリスは作業場を見せてもいいの？」

「見られて困るものでもないから私は問題ないよ。まあ、実際に入ったのはミレイとれんちゃんで二組目だけど」

「そうなんだ」

アリスはあまり作業場に人を入れないらしい。ただこれ、話を聞いたところ、作業場は神聖なところとかそんなことを考えてるわけじゃなくて、単純に必要がないだけみたい。必要なことは応接室で話すからだそうで。言われてみると納得だ。

「じゃあその一組目は?」

「見たいって言われたからどうぞって」

つまりはその程度、らしい。

とりあえずそろそろ配信を……。

「おねえちゃんおねえちゃん!」

「ん?」

「リス! リス!」

れんちゃんの興奮した声に何だと思って振り返ったら、テーブルの上にリスがいた。そのリスを、れんちゃんがじっと見てる。見つめ合ってる。かわいい。

「リス?」

「ああ、うん。私がテイムしてる子。何もしたくない時はあの子をお腹(なか)の上に載せてごろごろしてるの」

「アリスってテイム覚えてたの!?」

「あれ？　言ってなかったっけ？」

そんなこと聞いてない……と思ったけど、聞いたような気もする。いやでも聞いてない気もする。

「ほら、片手間にやってるテイマーの道具を売ってるって言ったじゃない」

「あー……。いや、片手間でテイマーの道具を作ったって意味だと思ってた……」

アリスもテイム覚えてたのか。片手間なら、覚えただけなんだろうけど。

「れんちゃん、その子人懐っこいから、一緒に遊んでも大丈夫だよ」

「うん！」

れんちゃんが手を差し出すと、リスがれんちゃんの腕をのぼって肩に移動。むふう、と少し誇らしげだ。なんだこのリスかわいいぞ。

「わあ……！」

肩にいるリスを見るれんちゃんも瞳がきらっきらだ。かわいい。

「ところでミレイちゃん、時間なくなるよ？」

「おっと、そうだった」

危ない危ない……。ささっと準備をしてしまおう。

光球とか準備を終えたところで配信開始です。ぽちっとな。

「はいどうもこんばんは。ミレイです」

『ミレイが挨拶をした、だと……？』

『大丈夫かミレイ。頭ぶつけたのか？』

『お前がまともな挨拶とか不安になるじゃあないか！』

「ひどくないかな？」

私だってたまにはちゃんと挨拶するよ。たまには。

「今日のゲストはアリスです。……ゲストとは思えないぐらいに出てる気がするけど……」

「そうだね。正直自分でも多すぎる気がしてる……。私はれんちゃんとミレイちゃんに会えるのは嬉しいからいいけど、ミレイちゃんはいいの？」

「問題あったら断ってるよ。なんだかんだとアリスとは気が合うからね。付き合いやすいの」

「そ、そう？　そう言ってもらえると嬉しいけど」

アリスがちょっと照れてる。一応、本心だ。まあ、それ以上に何よりも。

「アリスがいないとれんちゃんを着飾らせられない。困る」

「私もミレイちゃんがいないとれんちゃんに服を作れない。困る」

『てえてえと思ったけどただの頭のいかれた二人組だった』

『どうしてこうなるまで放っておいたんだ！　言え！』

『最初からこうなんだよなあ……』

「褒めないでよ」

『褒めてないが？』

さて。それではれんちゃんを呼びましょう。ということでれんちゃんに振り返ると、リスを両手で優しく包んでもふもふしていた。リスの顔が気持ち良さそうにとろけてる。

「今日のれんちゃんはアリスのリスをもふもふしてます」

『アリスのリス？　アリスってテイム使えたのか？』

『アリスのリスはアリスの工房のマスコットだぞ』

『工房に不在の時はリスが店番してるからなｗｗｗ』

なにそれ!?　見てみたい！

アリスに勢いよく振り返る。アリスは苦笑しつつ、

「いや、店番っていうか、お店のカウンターで寝てるだけだよ。ＮＰＣさんの側ですやすやって」

「見たい！」

れんちゃんもこう言ってるので、あとで見せてもらおうそうしよう。

「もふもふ……かわいい……」

お腹をこしょこしょ、頭をなでなで、お手々をふにふに。リスをもふもふしてるにこにこれんちゃん。これは言わないといけない気がする。

「おまかわ」

『おまかわ』

『おまかわ』

視聴者さんと心が一つになった、そんな気がしました。

「今日は質問箱だよー」
このゲームの配信はとある動画サイトと提携してるんだけど、このゲームで配信をするためには
その提携先でも会員登録が必要になる。そして当然、会員登録すると、配信者専用の個人のページ
ももらえるわけだ。
そのページに、質問箱というものを置いてある。私たちに聞きたいことがあったら投稿してね、
というもの。他の配信者さんも、たまに回答の配信をしてたりする。
そろそろ質問も多くなってきたし、今日はれんちゃんのもふもふを眺めながらの質問箱回にしよ
う、というわけです。
『おお、ついにきた！』
『質問箱あるのに全然やらないなとは思ってた』
『置いてあるだけかとｗ』
「れんちゃん優先だからね。質問箱とかどうでもよすぎて」

『もう少しオブラートに包んでくれませんかねｗ』

『かつてここまではっきりと、質問箱どうでもいいと言った配信者がいただろうかｗ』

『まあ俺たちもれんちゃん見れたら満足だからいいんだけどな！』

言わないけど、避けてた理由はもう一つある。質問を選ぶのが面倒で……。不特定多数が投稿できるから、まあ、うん。ちょっと変な質問も多くてね。正直、見るだけで不快なものも結構あった。でもちゃんとした質問まで無視するのはどうかなと思うわけで。なので、少しだけでもやろうと思います。

「ちなみにゲストにアリスがいるのは、何故かアリスへの質問も交ざってたからです」

「え、待って初耳なんだけど。私に？　なんで？」

「むしろ私が聞きたい。お前らバカなの？」

『辛辣ぅ！』

『え、だってアリスももふもふ組では？』

『もふもふ組とは』

『真面目な話、アリスに聞けるのがミレイだけ』

『もう一人アリスと親しい配信者はいるけど、頻繁にアリス本人が出るのはここだし』

聞いてみれば納得できなくもない。アリスは配信してるわけじゃないから、配信者のページなんて当然ないわけだし。何故か私たちの配信によく出てくれるしね。何故か。

「時間も有限なので、早速やっていこうか」

質問箱の質問は、配信者、つまり私のみ視界に表示させることができる。読み上げるまでは誰も内容は見れないようになってるわけだ。私が読み上げれば、視聴者さんの画面では隅っこに内容が表示される、はず。

「れんちゃんへの質問です。れんちゃーん」

「はーい」

れんちゃんはいつの間にかラッキーとリスを同時に抱えてた。もふもふを堪能してる。放してあげるつもりはないみたいだけど……。ラッキーたちも幸せそうだからいっか。

「れんちゃん。何かもふもふになれるとしたら何になりたいですか？　また、何をしてみたいですか？」

「わんこ！　ラッキーと遊ぶ！」

『動物になるってことかな？』

『やった、俺の質問だ』

『わんこｗｗｗ』

『子犬れんちゃんとラッキーがわちゃわちゃ遊ぶのか……』

『何それすごく見たい』

子犬がじゃれ合ってる動画って見てるだけで癒やされるよね。れんちゃんも、それと同じようなことをしたいのかもしれない。今でも満足してるみたいだけど、同じサイズでじゃれ合うのって楽しそうだもんね。

「子犬れんちゃん……。わんこの着ぐるみだね、よし」

「任せたアリス」

「任されたよミレイちゃん」

『新たな着ぐるみ作成が確定しました』

『是非！　是非作ってほしい！』

『子犬れんちゃん楽しみ！』

　こいつら欲望に忠実すぎでは？

「次の質問。一番好きな食べ物はなんですか？……誰への質問か書いてないから、全員でいっか。れんちゃんは？」

「カレーライス！」

『解釈一致』

『カレーライス美味しいからな！』

「ちなみに私は、お寿司、かな……。あまり食べないから、自分の中での希少価値が付加されてる気もするけど」

『わかるｗｗｗ』

『なんか高いお寿司ってだけで美味しく思えてしまうw』

『これもある意味貧乏性かな？』

「アリスは？」

「えっと……。カステラとか、バウムクーヘンとか、甘いもの。デパ地下で食べ歩きするのが趣味です……。あれ、なんだろう、すごく恥ずかしい!?」

『一番女子っぽい』

『それに対してお寿司のミレイは……』

『おっさんかな？』

「うるさいよ」

おっさんとか失礼すぎると思う。せめておばさんにしてほしい。

「でも、いいよねデパ地下。私もたまに行くけど、目移りしちゃう。なかなか決められないんだよね」

「うんうん」

「どれをれんちゃんに買っていってあげようかなって。直接選べないれんちゃんの代わりに私が選ぶから、ついつい慎重になるんだよ」

「うん……。そ、そっか……」

『唐突な重い話はやめるんだ』

『不意打ち反対！』

『一気に申し訳ない気持ちが……』

え。これって重い話になるのか。れんちゃんはこの程度じゃ気にしないはずだけど。

れんちゃんを見てみると、にへら、と珍しい表情。何かを思い出してる様子。

「かすてら、おいしかった……」

「ああ、前はカステラだったね。また買ってくるね」

「うん！」

近いうちに買いに行こう、かな。

「では次は、れんちゃんへの質問です。一週間の寝る時のお供を教えてください、だって。ぬいぐるみだと思うよ」

「んー……。今日はわんこ。昨日はにゃんこで、一昨日がトラさん。その前がお馬さんで、ペンギンとシロクマで、アライグマさん。あと、コアラ！」

『よく覚えてるなw』

『若いっていいなあ……。俺、昨日の晩飯も思い出せないぞ……』

『それはさすがにやばい……、あ、おれも昨日思い出せない』

『改めて聞くといろんなぬいぐるみ持ってるんだな』

ぬいぐるみだけで棚を一つ使ってるからね。しかも増え続けてるし。いや増やしてるのは私だけど。だって、ぬいぐるみ渡した時のれんちゃんがすごくかわいくてかわいくて……。

「うえへへへ……」

「急に笑わないでよミレイちゃん。きもい」

「きもい!?」

『いや、今のはわりとマジで気持ち悪かったぞ』

『ついにアリスですら容赦しなくなってきたなw』

『はっきり言わないと止めないからなこいつ』

ひどくないかな!?

「次！　次いこう！　えっと……。もふもふの形のお家をアリスが作ってくれることになったら、どの子の形がいいですか」

「アリスさんおうち作れるの!?」

「作れないよ!?」

れんちゃんの期待のこもった質問はすぐに否定されてしまった。いや、でも、これはアリスは悪くない。濁して期待させちゃったら、後でばれた時にれんちゃんがすごく落ち込んじゃうだろうし。

れんちゃんは、なんだあ、と残念そうではあったけど、それだけ。落ち込んではいない。よかったよかった。

「ちなみに家って作れるの？」

「無理。家関連は全部ホームのシステムだよ。建築のスキルがあったとしても、需要がなさすぎて成立しないと思うし」

「それはまあ、確かに」

好きな家を作りたいって人はいると思うけど、一度作ったらそうそう建て直しとかしないはずだ。スキルのランクを上げることすらできなさそうだね。

『ちな、もし作ってもらえたとしたら何がいいの？』

「ふむ……。れんちゃん、何がいいかな？」

「んー……。おうちより、もふもふがいい……」

『花より団子だな！』

『何か違う気もするけど、あながち間違いでもない気もするw』

家の形より中にもふもふがいてくれた方がいいってことだね。れんちゃんらしいかもしれない。

「次の質問は、アリスだね。れんちゃんの第一印象を教えてください」

「え？　第一印象だと、その……。かわいいＮＰＣがいる、て思いました……」

「れんちゃんがプレイヤーだって知って驚いてたよね」

「いやだって、あり得ないと思ってたし……」

あの時はまだ配信も一回しかしてなかったからね。れんちゃんのことを知らない人の方が多かったから仕方ない。今だとちょっと有名になりつつあるけど。

「プレイヤーって知った時のアリスの勢いはちょっとびっくりしたよ。ね、れんちゃん」

「こわかったです！」

「あ、うん。それはわりと真面目に反省してる……」

『何があったんだよｗ』

『アリスは常識人に見えて、ミレイと対等に付き合える程度には頭がぶっ飛んでるからな』

「待って!?　ミレイちゃんほどじゃないよ!?」

「おい待てこら。どういう意味だ。というか、さりげなく私をディスらないでくれませんかね？」

私の目から見てもアリスは時々ぶっ飛んでるよ。主に服に関わることとか！　和服というか、着物について触れようものならすごく話が長くなるし！

「だからアリスよりはまともだと思います！」

「え？」

「え？」

『え？』

わあ。え？　のコメントが大量に送りつけられてる。それよりも何よりも、れんちゃんもきょとんとした顔で私を見てる。まさか、れんちゃんにもそう思われていたなんて……。

「一体私が何をしたと……！」

『よし分かった。ミレイの奇行をまとめた動画を作ってこよう』

『なにそれ楽しみすぎるｗｗｗ』

『またくだらないものを……。いいぞもっとやれ』

「やめてください死んでしまいます」

主に私のメンタルが……！

「よし次行こう！　えっと……。あ、私か。れんちゃんにどんな服を着てほしいですか、だって」

れんちゃんを見る。れんちゃんも私を見る。れんちゃんは不思議そうに首を傾げて、にぱっと笑った。かわいい。

「れんちゃんなら何着てもかわいいと思います。ぎゅー」

「ぎゅー」

『さりげなくれんちゃんを捕獲するなｗ』

『いきなり後ろから抱きつかれてるのに動じないのもすごいなｗ』

『れんちゃんにとってはいつものことなのではｗ』

否定はしない。まあ後ろから抱きついてる時より膝に載せてる時の方が多いけど。お姉ちゃん特権です。

「ミレイちゃん、強いて言えば、とかでもないの？　何でもいいはこういう時はどうかと思うよ」

「そうなの？」

「そうなの」

ふむ……。でも正直、どんな服って聞かれて、ぱっと思い浮かばないんだよね。んー……。

「着ぐるみかなあ。顔を隠すようなやつじゃなくて、フードのやつ」

「んー……。たまに着てるよ？」

「病室ではたまに着てるね」

「待って」

『なにそれくわしく！』

『まってまってれんちゃん病室で着ぐるみ着てるの!?』

「あー……。いや、私が持ち込んだら着てくれるってだけで……」

もちろんちゃんとしたパジャマはあるんだけど、私がお泊まりする時は、私が持ってきた着ぐるみを着てくれるのだ。なお、私も着させられてます。二人で着ぐるみ着てお互いにもふもふしてる。

別に隠すことでもないのでそれを言ったら、なんかすっごくコメントが流れた。

『なにそれ羨ましすぎる』

『いいなあいいなあ見てみたいなあ！』

『ミレイお前それを配信しろよ！』

「あー……。また機会があればね」

リアル配信は……まあ病室だけなら別にいいかもだけど。でもさすがに勝手に配信すると怒られるかもしれないから、お父さんたちにも相談しないとだね。

「それじゃ、次で最後にしようかな。えっと……。れんちゃんがミレイにしてあげたいことはありますか、だって。というわけで、れんちゃん！　何かあるかな!?」

こういうことを聞く機会ってあまりないから、ちょっと楽しみだ。私自身が求めてないってこともあるけど。れんちゃんが元気に過ごしてくれていたら十分だからね。たまに一緒に遊んでくれるとなお良し。

れんちゃんは私を見て、少し考えるように視線を上向かせて、んー……、と唸る。何もない、かな？　それならそれでいいんだけど。

「あのね。あのね」

「うん。なにかなれんちゃん」

「おねえちゃんとピクニックしたい」

ふむ？　ピクニック。私にしたいことじゃなくて、私としたいことになってるけど……。まあいいか。れんちゃんがそれをしたいなら、私は全力で叶えるまでです。

「うん。いいよ。それじゃ、明日はちょっと離れた場所に……」

「そうじゃなくて……。お外。病院のお外、行きたい」

「あ」

あー……。ああ、うん。そっか。そっちか。病院の外、か。

当たり前ではあるけど、私一人がどれだけ頑張ったところで、すぐに病状が改善するはずもない。

少しずつ、れんちゃんを知っている人を増やして、協力してくれる人を探して……。まあ、正直なところ、まだまだ時間はかかると思う。

だから、うん。どうしよう。

『病院どころか、自分の病室からも出られないんだよな』

『そう思うと本当に不便だなって思う』

『夜にちょっと出かけるとかもダメなん？』

『前にミレイが言ってたけど、それもアウト。街灯とかでもだめらしい』

『想像以上で何も言えねえ……』

せめて夜に出かけることができたら、もうちょっと自由があったかもしれないんだけどね……。

れんちゃんが悪いわけじゃないから、誰にも文句言えない。

「あ、えと、今すぐじゃないよ？　いつか、お外に行けるようになったら、おねえちゃんとお出かけしたいなって。いつも、びょうきが治ったらピクニックに行こうねって言ってくれるから……」

「ああ、うん……。うん。そう、だね。病気が治ったら、ピクニックに行こう。遊園地も水族館も動物園も、全部行こう」

「うん！　やくそく！」

「約束。指切りね」

れんちゃんと指切りする。れんちゃんとの約束だ。絶対に忘れないし、絶対に叶える。どれだけ時間がかかっても、必ずだ。

「なんというか、何も言えない……。ミレイちゃんもれんちゃんも、やっぱり良い子だよね。とりあえずこっそり投げ銭しとこ」

『何やってんだアリスｗｗｗ』

『そこは堂々とやればいいのにｗ』

「いや、ミレイちゃんって意外と気にする性格だからさ。私は今の関係が好きだから、こっそりと、ね。秘密だよ？」

『おｋ』

『なんとなく分かった』

『俺も投げ銭しとこ。れんちゃんの病気が早く治りますように』

れんちゃんと指切りして、ぎゅーっとして。とやっていたら、アリスが光球に向かって何か言ってた。途中から配信のこと放置してしまっていたから正直助かる。場を繋いでくれるのは有り難いです。まあ、視聴者さんたちは気にしない人の方が多いみたいだけど。なんでだろうね。

「あー。ごめんなさい放置しちゃいました。あれ、なんか投げ銭たくさん増えてる。皆さんありがとうございま……、アリスの名前があるんだけど」

「秒でバレた件について」

『草ｗｗｗ』

『草に草を生やすな』

『よく考えてみれば投げ銭はアカウントと紐付いてるんだから、そりゃバレるわｗｗｗ』

しかも結構な額なんだけど!?　いや、もちろん嬉しいし助かるけど、けど……！

「あのね、ミレイちゃん。素直に受け取ってくれると嬉しいなって。私だって、何かしたいっていつも思ってるんだよ？」

「その気持ちだけでとっても嬉しいです……。いやでも、友達からもらうのってなんかこう、あれじゃない？　なんかこう、あれじゃない!?」

『あればかりで何を言いたいんだよお前はｗ』

『言いたいことはなんとなく分かるけどな』

『対等な友達でいたいけど、お金をもらうと気を遣ってしまう、みたいな感じか』

「そのまますぎて逆に怖い」

視聴者さんにエスパーでもいるのかな？

「ミレイちゃん。気になるなら、また一緒に遊んでよ。れんちゃんも一緒にね。それだけで私は十分だから」

「私の友達が良い子過ぎて辛い」

「はいはい」

アリスが笑いながら私の頭を撫でてくる。なんというか、うん。本当に、みんな優しくて、人に恵まれてるって思う。きっとれんちゃんが良い子だからだね。間違い無い。

「ほらほらミレイちゃん。次は何しよう？」

「ぐす……。特に予定はないので、リスをもふり倒します……」

「泣かないでよ……。さりげなく私のリスがとばっちり受けてる気がするけど」

『ミレイって実は泣き虫さん？』

『ミレイにとっては大事な妹のことだからだろ』

『いいお姉ちゃんしてるよ』

『な。……頭おかしいけど』

『間違い無く頭ぶっ飛んでるけど』

「うるさいよ」

褒めるか貶すかどっちかにしてください。

質問箱は終わったので、れんちゃんがリスと遊ぶのを眺める。今はリスがれんちゃんの周りを走り回ってて、何を思ったのかラッキーも同じように走り回って、れんちゃんが楽しそうにはしゃいでる。なんだこの癒やし空間。

「理想郷はここにあった」

「全面的に同意」

『まさに』

『楽しそうに遊ぶれんちゃんがとてもかわいいです』

『鼻血出そう』

「甘いね、もう出てる」

『誰かこの姉をどうにかしろよｗｗｗ』

失礼な。いや、まあ危ない発言だったとは思うけど。

リスがラッキーにじゃれつき始めた。喧嘩(けんか)、かな……？　二匹でどたばたしてる。れんちゃんは不思議そうにしてたけど、すぐに二匹を引き離した。

「けんか、だめ」

二匹がしょんぼりと項垂(うなだ)れて、すぐにれんちゃんに甘え始める。ごめんなさいの代わりかな？見ていて本当に和む。このゲームを選んで良かったと思うよ。

「さて……。ほどよい時間だから終わろうかな」

そろそろ終わらないと、二十時過ぎちゃうからね。帰るとしましょう。

『まって』

『いかないで』

『もうちょっと！』

「もう……。仕方ないなあ……」

もうちょっとだけなら、まあ、いいかな？

「ミレイちゃんもなんだかんだと甘いよね」

「ほっといてよ……」

私も、れんちゃんが楽しそうに遊ぶのを見てるだけで幸せだからね。これでいいのだ。

もふもふをもふもふするれんちゃんはとってもかわいいのです。ふふん。

あとがき

初めましての方は初めまして、龍翠(りゅうすい)といいます。ｗｅｂを知っている方は、はろーおはようこんばんは！　手に取っていただき、ありがとうございます！

このお話は妹が大好きなお姉ちゃんが、もふもふをもふもふする妹がとてもかわいくて、配信で自慢しちゃうお話です。それが全てです。かわいい妹のれんちゃんをみんなで見守るお話です。

これを書いたきっかけは、日々の仕事の癒やしが欲しくて、でも自分が求めるものが見つからず、それなら自分で書くか、というものでした。癒やしのはずがｗｅｂから飛び出し、本になっちゃいました。びっくりです。

なので、このお話が、毎日頑張っている読者様の癒やしに少しでもなってくれたら、私はとても嬉(うれ)しいのです。

最後に、月並みではありますが、ミレイやれんちゃんたちをかわいく素敵に描いてくれた水玉子(みずたまこ)先生をはじめ、この本に関わった皆様に感謝を。そして何よりも、この本を手に取っていただいた皆様にも最大級の感謝を。本当に、ありがとうございます。

ちなみに私はあとがきを書くのが夢でした。夢が叶(かな)って嬉しいのです。わーい。

二〇二一年、初夏　縦書きだと壁に隠れられないことに気づいて落ち込みながら。

テイマー姉妹のもふもふ配信 1
～無自覚にもふもふを連れてくる妹がチート級にかわいいので自慢します～

発　行　2021年6月25日　初版第一刷発行

著　者　龍翠

イラスト　水玉子

発行者　永田勝治

発行所　株式会社オーバーラップ
〒141-0031
東京都品川区西五反田7-9-5

校正・DTP　株式会社鷗来堂

印刷・製本　大日本印刷株式会社

ISBN　978-4-86554-938-6 C0093

【オーバーラップ　カスタマーサポート】
電　話　03-6219-0850
受付時間　10時～18時（土日祝日をのぞく）

作品のご感想、ファンレターをお待ちしています

あて先：〒141-0031　東京都品川区西五反田7-9-5 SGテラス5階　オーバーラップ編集部
「龍翠」先生係／「水玉子」先生係

スマホ、PCからWEBアンケートにご協力ください

アンケートにご協力いただいた方には、下記スペシャルコンテンツをプレゼントします。
★本書イラストの「無料壁紙」　★毎月10名様に抽選で「図書カード（1000円分）」

公式HPもしくは左記の二次元バーコードまたはURLよりアクセスしてください。
▶ https://over-lap.co.jp/865549386
※スマートフォンとPCからのアクセスにのみ対応しております。
※サイトへのアクセスや登録時に発生する通信費等はご負担ください。

オーバーラップノベルス公式HP ▶ https://over-lap.co.jp/lnv/